美丽世界

MEILI
SHIJIE

田 品——著

中国言实出版社

图书在版编目（CIP）数据

美丽世界 / 田品著 . —— 北京：中国言实出版社，
2023.11
ISBN 978-7-5171-4629-2

Ⅰ.①美… Ⅱ.①田… Ⅲ.①长篇小说—中国—当代
Ⅳ.①I247.5

中国国家版本馆 CIP 数据核字 (2023) 第 205705 号

美丽世界

责任编辑：史会美
责任校对：薛　磊

出版发行：中国言实出版社

　　地　　址：北京市朝阳区北苑路180号加利大厦5号楼105室

　　邮　　编：100101
　　编辑部：北京市海淀区花园北路35号院9号楼302室
　　邮　　编：100083
　　电　　话：010-64924853（总编室）　　010-64924716（发行部）
　　网　　址：www.zgyscbs.cn　　电子邮箱：zgyscbs@263.net

经　　销：新华书店
印　　刷：武汉市籍缘印刷厂
版　　次：2025年1月第1版　　2025年1月第1次印刷
规　　格：710毫米×1000毫米　1/16　12.5印张
字　　数：130千字

定　　价：58.00元
书　　号：ISBN 978-7-5171-4629-2

目　录

第一章 困顿中的回忆

1

叶落暮昏霞，寒露洗清秋；天地苍宇人，冷暖哪可休……

车辆载着成江河穿过浓浓的树荫，行驶在学术飘香的校园。满眼忧郁的成江河看着纷纷赶往教室的大学生，禁不住回想起了他能够上大学是母亲青胜蓝的愿望，也是在家庭的经济条件跌入低谷后，他被生活逼到谷底后的"凤凰涅槃的重生"。

小时候在那个遥远的小山村成家楼时，母亲青胜蓝叮嘱成江河和成浪河兄弟两个："我对你们两个人没有什么要求，唯一要求就是你们要考上大学，像你们四叔成金华一样上大学，吃上国家粮！"

青胜蓝家里姐弟三个，家里有"嫁出的姑娘就是泼出去的水"的说法，且一言一行中都流露出了重男轻女、厚此薄彼的观念。青胜蓝的母亲鞠荣桂年轻时离异后独自一人拉扯着三个孩子，管着他们的吃喝拉撒睡。到了上学的年龄，鞠荣桂做出了只让两个弟弟上学的决定。纵使青胜蓝表达了强烈的上学愿望，且学校老师也亲自上门做鞠荣桂的思想工作，但到头来都是瞎子点灯——白费蜡，一番闹腾后青胜蓝也未能够跨进校园去接受知识的洗礼。家里穷得叮当响是最根本的原因。一个离异的女人能让两个孩子上学已是相当不易的事情了。

虽然两个弟弟青胜乐、青胜德都上了学校，但事与愿违，他们学习成绩都不好，最终在命运的打磨下他们只能拖着沉重的身躯在厚实的大地上艰难地行走着。而没有上过一天学的青胜蓝，却整日跟弟弟相比较，甚至多年以后青胜蓝在照顾满身疾病的母亲鞠荣桂时，还总是发出埋怨母亲鞠荣桂的感叹："如果你当初能让我上一天学，哪怕就一天，咱们的生活条件大概也会比现在不知要好多少倍。"青胜蓝的母亲此时再也没有了年轻时的倔强，在那个年代她离婚后一个人带着三个孩子，也没有被生活压垮脊梁，而面对衰老她出现了久违的沉默。

通过读书可以改变命运，是青胜蓝吃遍了生活的苦，以观测别人的成功及自己没有迈进学校带来无尽的遗憾而得出来的一个深埋骨髓里的想法。

可以说青胜蓝人生最大的遗憾，就是没有去上学，按照她的说法就是：如果她能够去上学，一定是天之骄子！而她就是活生生现实版没有读书而将一生过成了万事蹉跎的例子，觉得如果有了知识，她就能抓住农村人通过读书改变命运的机会，迈入城市吃上国家粮，并拥有令人羡慕的人生。

青胜蓝日常不停地念叨，让两个孩子觉得农村人唯有读书才能有出路，同时也让成江河深信了如果母亲青胜蓝能够读书，她一定会像"两次高考滑铁卢，而最后一举成功成为吃国家粮"的四叔成金华一样，光宗耀祖。

2

车辆缓缓在校园中行驶，像小船儿划开了波浪，此时正赶往教室的学生是那么匆忙。这种情景让成江河想到这些人都是追逐梦想的人，每个人都想在大学里进行淬炼，将来到社会上获取人生的成功……此时，成江河仿佛感到这所大学是知识的海洋，也是欲望与灵魂的活动场。

阳光穿过浓浓的树荫，洒在成江河充满沧桑的脸上，这时他不由得叹了一口气，这口气叹得很沉，很沉，仿佛大雨来临前的沉闷。

他此次到大学校园是来看上大学的大侄子成树林，没想到来时，路上车辆堵成了长龙，显然这样的堵车情景已经成了繁华城市的一道风景。

车子在校园继续行驶，成江河的思绪飘得很远，同时发出了感叹：时间过得真快，一转眼大侄子都上大学了，多年的城市生活，让成江河与家人变得陌生，但心底的情感依然存在，因为血管里流着相同的血，有着共同的基因。此时，成江河脑海中浮现出当初他上大学暑假期间，大娘陈家美抱着刚学会走路的成树林，去小卖部买糖果吃的场景。转瞬间，大侄子成树林也来到他生活的城市上大学了。

大侄子成树林可以说是第一个一口气读上大学的孩子。四叔成金华是第一个家里的大学生，也是成家楼村的第一个大学生，但他是三度高考才上的大学。四叔成金华上大学，不仅成了全家人的希望，也成了全村人内心的向往。而后来以四叔成金华为榜样的成江河与成浪河经过十年寒窗苦读，最终都是事与愿违。成江河是千军万马过独木桥，使上了吃奶的劲，铆足了马力冲了上去，结果一上独木桥，扑通一声就掉了下去；成浪河是经过多年高考好不容易才考出来了，却是考入了一所高职专科学校。

成树林一鼓作气考上了大学，这洗刷了大爷成金杰、大娘陈家美的耻辱，让他们感觉扬眉吐气。大爷内心虽扬眉吐气但口头上还是以强势的口吻鞭笞着大侄子："为啥才考上一个二流大学，而不是考上水木清华？"同时，成金杰对成树林有多满意就对成江洋有多失望！可以说成金杰对成江洋失望至极，想当初在成家楼他花了多少心思在成江洋身上，但投入的所有精力都化成了攻击他的武器，想到这儿，成金杰不禁长叹一声："还好，儿子不行，孙子行！"

"上大学是家人唯一的期望，因为那是出路，那是命运挣脱贫困枷锁的力量。"成江河自言自语道。他喃喃地说完这句话后，又陷入了迷思：上大学从根上是为了摆脱贫穷，而现在他虽然已经摆脱了农村的那种贫穷，但内心充满了迷茫，且骨子里有种极大的不安定。这是为什么呢？！

　　成江河上了大学，学建筑专业，自己算是实现了家族的质的跃迁。成江河自记事起基本的印象就是：大爷成金杰是个泥瓦工，三叔成金军是个拖拉机手，而父亲成金顺是给包工头代工。虽然随着父亲的带动，这些角色有了变迁，从农村进入城市并打拼成立了万里青山建筑公司，成金杰、成金军及两个舅舅青胜乐、青胜德也成了公司的副总经理及财务总监，但随着企业的倒闭，这些人都像《西游记》里的妖魔鬼怪，虽下凡在人间潇洒一通，最终还是被打回了原形，还是没有跳跃出农村及贫困那个圈。

　　上大学能够学到关于建筑的系统性知识，记得拿起理论力学、材料力学、结构力学三大力学的专业书籍时，成江河仿佛抓到了救命的稻草，仿佛找到了开启生命力的春天。虽然看上几页书，头脑就会有昏沉沉的感觉，并且会产生出一片空洞。但那种改变命运的信念一直在他心中像太阳一样放射着光芒。这种感觉一直伴随着他，存在于他活动的每个角落。

　　记得刚大学毕业之时，成江河感觉经过大学充电后他能够成为拥有无限力量的人，成为一个无所不能的人。他踏出校园的那一刻踌躇满志，禁不住吟诵道："江山如此多娇，引无数英雄竞折腰。惜秦皇汉武，略输文采；唐宗宋祖，稍逊风骚。一代天骄，成吉思汗，只识弯弓射大雕。俱往矣，数风流人物，还看今朝。"但是他走上工作岗位后，发现了一个问题，用一句话来描述就是："理想很丰满，现实很骨感。"

　　多年的工作打拼，成江河总是在碰壁，豪情壮志的初心已丢失，在挫折中总是看到一些人生无奈，听到人生一些凄苦之事，这种无法言语的感受像雾一样笼罩着他无所依从的心，让他喘不过气。

于是，他到处在寻找一种安全感。那时他朝着蓝蓝的天空发出了一声长叹："大丈夫生于人世间，怎能这样郁郁寡欢？！"

他越来越自我怀疑，越来越封闭自己，而唯一与他有同感共鸣的同事温华生，也因一场大病而撒手人寰。

温华生对他影响最大的就是让他认为全世界的人都有病，不是这个有病就是那个有病，其实世界上的人本没有病，有的只是人眼中的傻子。他以往也曾踌躇满志，感觉没有比腿更长的路，没有比人更高的山，在攀爬过程中他无心留恋风景，气喘吁吁地爬到山顶后，发现还有更高的山。而在一路留恋途中风景的人看来，匆忙爬山的他像傻子，景色多美好，阳光多灿烂，为何要追赶？而在赶路爬山的追寻者看来，不慌不忙看风景的人像傻子，"天地急，光阴迫，一万年太久，只争朝夕，为何不追赶？"如两拨人，交流起来，一方有"会当凌绝顶，一览众山小"的豪迈，另一方有"小桥流水人家，古道西风瘦马"的别致，两者抱守自己的感受，看对方都那么渺小，眼里心里都有了傻子。

与温华生要好的几个同事，要么离职，要么在日常繁重的工作中显得像一摊烂泥一样。精神在下降，温华生跟他们在一起感觉内心有不舒适的感觉，而与比他强的同事相处，他又忍受不了自己处于垫背状态，他想忠于自己的内心，保持内心的平静，但这种内心不舒适的感觉，让他好像抛弃了"理想中的自我"，他想找到一个让他精神有所依靠，心灵有所栖息的安定场所。于是他又极力向外去寻找一些神奇的力量，他想找到一种力量让生命有力量且鲜活起来，想让冰冷的内心慢慢融化，化成温暖自身的一股暖流，最终他在蹉跎中奔向了他认为没有困惑的世界，那里不会再有人有病……

　　在温华生离去后，在活着的喧闹世界中，成江河拥挤得喘不过气来时，感觉世界仿佛是"落花流水冰雨雪，风轻云淡空空天。悠悠岁月时澎湃，涤荡世间大千情"，在一番神思后，最后得到了一个终极答案：一切都是虚无的。

　　当他对爱人刘浪说这个体会时，却收到了刘浪异样的目光及一些让他面对现实的话语，"有房子住，有工作干就可以释放自己的知识及情绪，你已经很不错了，过好每一天，别整天考虑那些形而上的问题，生活需要烟火气，什么一生何求之类的那些形而上的东西都是吃饱了闲着没事干的人琢磨的，你活好自己就行了"。成江河碰了一鼻子灰后，在内心无法找到出口时，就隐隐地埋怨刘浪不理解他。刘浪确实不理解他，他在家每天都六神无主、呆若木鸡，虽然在单位中日常的工作能够释放一些他焦虑的情绪，但好似又缺少了点什么。至于缺少了点啥，他用语言难以说明，而唯一保留的就是他那内心高傲的倔强与虚无缥缈的空想。于是他迎着对人生的无尽困惑，写了一首《想》。

　　　　我想故我在
　　　　我在想啥？
　　　　应该想的是客体吧！
　　　　这客体为啥？
　　　　应该
　　　　有阳光雨露晨风海浪
　　　　也有千丝万缕事物的霞光
　　　　诸如此类

思考的主体是谁？

应该为灵性的我

客体的主体为我

那，我的主体是啥？

是不是客体呢？

如果我为主体，自然及事物为客体

是不是可以理解为

客体即是主体

主体即是客体呢？

陷入这种假想后的几年间，他也陷入了自我封闭的精神内耗的心理空间区。

就在那个阶段，在海洲这座繁华的城市，一种沉闷的气在成江河心头萦绕，时不时搞得他精神处于游离状态，进而导致他心理及灵魂上有了无尽的孤独与徘徊，但他一直想从自我孤独与徘徊的神游状态中挣脱出来。他尝试了各种办法进行挣脱，挣扎多次后，还是没有真正挣脱出来。同时他也有了一种迷思：要说人有高低的差别，逆袭显得那么困难，为啥有的农村出来的人，在经过岁月的洗礼后成了呼风唤雨的人？通过这样的外在比较，顿时他又自我怀疑起来，他感觉到了人生的无力感，他虽挣脱了贫困的牵扯，但他没有力量去左右任何一件他能控制住的事情。

当事情一件又一件地无法按照自己的预期发展时，他消沉了许久。那时，他的思维仿佛陷入了悲观的泥沼，形成了一个难以挣脱的怪圈。在遭受事情的严重冲击而无法跨越困境的时候，他甚至想到了死亡。不经意间，他多次设想死亡的场景，最终他想到把尸体抛入长长的江河，让其随着江水流入无边无际的大海，他觉得这样做算是对生命的一种彻底解脱。在他看来，自己的灵魂被身体这个囚笼禁锢住了，如果没有这层束缚，他就能够跨越上下五千年，纵横几万里！然而，现实是他始终无法跨越那个心坎，那横亘在心头的坎。

经过一番思想与精神的困顿后，他在万般蹉跎的现实中，写出了这样的诗句：

纸墨文字卷轴富，

引证舒展简明处。

动静本来融际通，

何必迷心曲外境？

3

车辆在校园的停车场停了下来，停车场内停满了各种各样的豪华车辆，价值最小的也是二十多万的汽车。看到从崭新汽车上下来的人，他又想起了大侄子成树林。大侄子毕业要买这样一辆车，可是得将家里掏出个大洞来，不过现在在成家楼种地的大哥和与他两地分居的妻子即使将家掏出一个窟窿来补贴给成树林，也买不起这样一辆车，因为掏来掏去，掏的都是空空如也……

未来大侄子成树林是否也能够像他一样，通过学而优则仕后遇贵人，脱离贫困的生活呢？

"上大学让我改变了命运。"成江河突然感叹道，"但是为啥我骨子里一直逃不出自己害怕贫穷及内心焦虑的恐慌呢？"

"为啥虽脱离了贫困生活，但内心却处于恐慌之中，在恐慌窒息感之中寻找不到自我呢？！"

他在校园里踱着六神无主的步子，神游似的穿过了教学楼、图书馆。在一番迷离后，在一处开满亭亭玉立的荷花的池塘边停了下来，坐在了池塘边的石凳上看着"出淤泥而不染，濯清涟而不妖"的荷花，思绪飘到了很远。

过了一会儿，他闭上了眼睛，静听起了鸟儿的鸣叫，感受着清晨清风的凉爽。这种感受自然的感觉让他内心好似从自我困顿中抽离了出来，这种亲近大自然的感觉，仿佛带他离开了所处的灰色能量地带。

"我们彼此都保存着那份爱，不管风雨再不再来，不管是现在，还是在遥远的未来，我们彼此都保护好今天的爱，不管风雨再不再来……"一首《知心爱人》飘进他的耳朵里，这歌声如此美妙。他睁开眼睛，看到远处一个老年妇女正面对着池塘中的荷花，唱这首歌曲。

歌声将他片刻的宁静打断了，于是他沿着开满亭亭玉立的荷花的池塘边走边欣赏了起来，满池子的荷花在微风的吹拂下仿佛成了生命欢乐的海洋。

沿着湖走了一圈后，他又坐在池塘边的石凳上，看着池塘边的鱼儿在水中游来游去，时而游入荷花中，时而游到他的面前，让他禁不住回想起了小时候在成家楼的东河里玩耍的场景。

4

成家楼不是一座楼房，而是住着几十户人家的村庄。20 世纪80 年代的村庄没有活力，一片萧条，但那里却是成江河心中的乐园。站在村庄西边的西岭上放眼整个村庄，村庄虽然贫瘠荒凉，但是充满了欢乐。从西岭下来穿过一座座泥土的房子一直往东走去，就来到了村东头的东河边。东河里河水清澈，透过河面能看到河水里的沙子，小鱼在清澈的河水中游走，像欢快的音符。

每当夏季来临，成群结队的孩子就光着屁股到河里去游泳、玩耍，除了在河里学狗刨、仰泳外，其余的时间就是浑水摸鱼、抓虾、扣蟹子。这条小河流给儿时的成江河带来了欢乐。

除了孩子玩耍，还有一部分成人在河里洗澡。其中有几个年轻小伙子，名字分别叫有才、有干、满盈、满贵，他们拿到成江河几个兄弟们抓来的鱼、虾、蟹子时，都会津津有味地吃起来，吃之前还说道："你吃我，还是我吃你？"说完这句话后，再看看那些孩子便又用搞笑的语气道："看来还是我吃你！"

孩子们用童真的眼神看着他们吃掉有两个钳子的蟹子和有着长须的河虾。几个年轻小伙边吃边做一些滑稽的表演。

他们的表演引得孩子们哈哈大笑。就在孩子们哈哈大笑，认为他们傻时，他们中表演的人就一口吃掉了蟹和鱼。

成江河、成浪河兄弟两个和几个玩伴看着他们傻乎乎的表演，内心格外兴奋，在成江河带领下再纷纷地去抓起鱼、虾、蟹来，继续看有才们的表演……

想到这儿，他忧愁的面容突然多了一丝微笑，内心里有一股甘甜的泉水流过，仿佛滋润了他干涸的心。

他从凳子上站起走到了池塘边，近距离去观察那些鱼儿。鱼儿见他走近，像惊慌的鸟儿一下都躲到荷花丛中去了。

他看着摇曳的荷花，仿佛神思又回到了小时候……

5

每次在东河里像鸭子一样游来游去，不将手脚泡出褶皱、嘴唇泡得发紫，成江河、成浪河、成江湖、成江海、海海、德州等小伙伴们决不肯罢休。他们从河里爬上河岸，经过一片庄稼地，然后就到了成家楼村。每当夏天知了在枝头上叫个不停时，发了神经病的凌三牛便会光着身子趴在墙头上，手脚都给上了铁链子。成江河这群小伙伴从东河回来时总能看到凌三牛趴在墙头。

现在长大成人的成江河，仍然记得村里人的风言风语和一些关于凌三牛的事情：凌三牛娶了个老婆，但是他心窄，只要他老婆跟别人一说话，他就生闷气，总觉得他们之间有不正当的关系，有时还动手打老婆，以致他老婆在孩子三岁左右时，离家而去。从此，懊恼便时常刺激着他的神经。终于在一个清晨，他疯了，穿着一个红色裤头，沿街满村跑，口中喊着要去找他老婆。后面追赶他的是他的兄弟凌成志。这一幕正好被清晨去上学的成江河遇到，成江河内心带着恐惧一溜烟地跑到了学校。后来听说，那天清晨，凌成志在村庄人的围观下将凌三牛揍了，揍完后像拖死猪一样将他拖回了家。

凌三牛从那时起基本整年都在发疯，偶尔正常时孩子们还是离他很远。正常时，他手脚上的链子就会被解开，一旦病情发作，沉重的脚镣又会重新上了他的身体。

病情好转后，凌三牛俨然变了一个人，有一次，在大街上遇见青胜蓝，便迎上去叫："嫂子好！"

青胜蓝就说道："人好好的不行吗，发什么疯？日后还疯不？"

凌三牛笑着说道："不疯了，不疯了。"

凌三牛是成金顺的同学，凌成志是成金华的同学。

想到这儿，成江河轻叹了一口气："自己会不会像三牛那样，最终疯了？"

"这些年来我通过努力实现了从农村到城市的跃迁，我是被生活逼出了一股疯狂逃脱贫穷的劲头，并完成了母亲青胜蓝的心愿。地域上离开了生长的村庄几千里，但是为什么现在一回想起来，还是感觉自己生长在那个地方！"

在母亲青胜蓝的眼中，此时，成江河已经是过上好日子了，不要不知足。并告诫成江河"福禄寿不在为官，只要囊有钱，仓有米，腹有诗书，便是山中宰相；祈寿年无须服药，但愿身无病，心无忧，门无债主，可为地上神仙"。而成江河却总感觉缺少些啥，缺少的东西总让他心中荡起忧愁的波浪！

"难道是童年的生活太过无忧无虑，而当自己真正面对生活的艰辛时，缺少了独挑生活大梁的勇气？"

"难道自己是杞人忧天，天下本无事，庸人自扰之？"

"难道自己就这样了吗？为啥自己感觉生活如此枯燥，为啥自己内心有那么多千千结呢？"

他又在自我挣扎中。

他的这种状态让他又想起了凌三牛……

有一年的冬天，当成江河和成浪河去小伙伴德州家玩时，隐约听到大人们说凌三牛死了，等到凌成志发现时，凌三牛身体已经僵硬了。

当他想到这儿时，脑海中突然又浮起了凌三牛光着屁股戴着沉重的脚镣趴在土墙头上的景象。当成江河遇到生活的困苦，不时地陷入一种情绪上的郁闷，清晨醒来胸口有一股沉闷的气袭来时，他多次自卑地窥探着贫瘠的内心，但最终也没有走入发疯的境地。

成江河多次告诫自己："不管处于怎样的黑暗中，要一直坚信自己是一道光，相信光的力量，他甚至冥冥之中听到命运的召唤，像有一根无形的绳子在牵引着他，时时揪动他的内心，人不能发疯。"

6

成江河边在大学里走着，边思考着一些事。自从大学毕业后，多年没有进入大学校园了，此时身处其中的他，仿佛感觉大学浓厚的学习氛围又一次让他的灵魂受到了洗礼。为啥受过高等教育后的他进入社会后就陷入了种种迷思？他当初上大学时，坚信能够改变生活底色的那颗心去了哪里？

他闭上眼睛，感受着自己的心跳，相信自己内心的底色是一直没有变的，他依然认为自己是优秀的。但生活中遇到的各种棘手问题，特别是工作上屡屡遇到的挫折，让他的内心陷入了困惑之中无法自拔！

他看了看时间，成树林还有半个小时才能放学，他突然又想起了大哥成江洋。这次孩子能够上大学也是让他和嫂子扬眉吐气了。

想起大哥成江洋，一种莫名的情感涌上心头。

成江洋被成金杰、陈家美说成是一个不学无术的玩意儿。虽然成金杰将所有的关怀都给了成江洋，但成江洋就是不争气，小学三年级就逃学，将书包放到东河边的地瓜地里，潇潇洒洒地在东河边的树林子里一耍就一整天，晚上回到家装模作样上了一天的学堂。

当考试成绩出来，被老师将耳朵揪出红印子后，大娘陈家美护犊心切，不分青红皂白就与老师吵吵起来。

成江洋整日逃课，处在不知学习为何物的状态中。他发现不上学没有伙伴一起玩，不上学也会受到家人的责备，于是下决心每天都要去上学。在课堂上他总是处于半睡半醒的昏昏然状态中，但一下课，教室里、校园里顿时闪现出他雀跃的身影。成金杰与陈家美得知他在学校的表现后，秉承棍子底下有出息的想法将他狠揍一顿，在绝望至极时，两口子甚至将成江洋的书籍点了火，架着成江洋往火上烤。他们粗暴的做法，惹得奶奶李桂枝再也按捺不住护孙子的心，几次拿起自己的拐杖，打了成金杰。

上学时他曾经用笔尖将同学的脸划了一道疤痕，在打闹时被同学用长长的竹竿戳到眼睛，他也用拳头将别人的脸打得青肿，用尖尖的指甲伤别人！

那时整个学校的人都知道成江洋是校园之虎，老虎屁股摸不得，一不小心就会被虎咬！弟弟成江河、成江湖也都仗着他的余威，疯也似的在学校里撒着欢儿，俨然是从原始森林出来的野生动物。

而后来，完全沉静下来的成江河领悟到，那是一种彪气，不是一种勇敢。正是这种彪气让成江洋、成江湖、成江海尝到了生活的苦涩。

父母对孩子的爱，有各种方式，但方式不对，会造成孩子的叛逆与沉沦。成家所有人的期望就是成江洋将来能成为像四叔成金华那样的大学生，且要超过四叔成金华，青出于蓝而胜于蓝。

特别是四叔成金华每次大学寒暑假放假回来，成家一家人都会对成江洋说起家族的希望，也许就是这样的希望让一个孩子在本该玩耍的年龄产生了一种责任感。

成金杰从部队退伍回来根正苗红本领强，除带领生产队抓生产、交公粮等表现积极外，他还带领一帮人给周边村修葺房屋。经过他带领一帮人几年的劳作，除了成家楼的土屋全部变成了砖瓦房外，周边的农村也有了砖瓦房。那时，三叔成金军跟随成金杰咬紧牙关买了一辆拖拉机，每天用他粗壮的胳膊及磨起老茧的双手将倔强的石头一块块搬到崭新的拖拉机上，再用那有力的双手将长长的摇把猛地一摇，瞬间拖拉机烟囱冒出了一阵浓烈的青烟，随之，拖拉机就腾腾地发动了起来。如此倔强的他们怎能让自己的孩子不如自己？！陈家美勤劳能干，几亩地庄稼被她打理得井井有条，家里更是一尘不染、干净利索，在太阳光的照射下显出温暖而舒心的敞亮。

陈家美、青胜蓝、程金珍三个嫂子，看着自己整天在野地里玩耍的孩子向成金华念叨着"你这些侄子将来就靠你了，咱们家穷，没有我们这些嫂子的支持，你怎么会上了大学？如果我们不团结、不贤惠，你也是和你这些哥一样面朝黄土背朝天，年纪轻轻就像个老头了。"

成金杰、成金顺、成金军、成金华四个兄弟喝起酒来时，难免说到一些关于未来出路的事情。总之家里出了个大学生，是一家人的自豪，仿佛成金华承担了整个家族的重任。因为兄弟们团结，有了困难相互取暖同时对未来也充满了希冀，而他们这种相互依靠的观念深入了成江洋的骨髓，以至于他日后的处事方式就是靠各位亲戚朋友。

作为领头羊的成江洋总是想靠人，自己便不再努力。当各种教育硬手法都用上，没有得到预期的效果后，事情向着更坏的方向发展。成金杰、陈家美使尽各种办法都没能让成江洋走上上学的正轨，于是他们又将所有的精力都用在了成江霞的身上，口中念叨着："你哥哥这个混账玩意儿是个油盐不进的石头，就是茅子里那块又臭又硬的石头，咱家的希望都在你身上了。培养不出一个优秀的儿子来，就得培养出一个争气的女儿来！"

成金杰对成江洋的爱是满满的，但表达方式不当，以至于造成了成江洋的叛逆。多年以后，成江洋回想过往时，有了"少壮不努力，老大徒伤悲"的沉重感叹！

说起成金杰，算是对孩子比较关心的，他冷漠的外表下，有一颗对孩子火热的心。他和陈家美做事情有章法，凡事都安排得井井有条。每当成江河到他们家就能感觉到他家里拾掇得干干净净、利利索索。

一日成金杰从自己屋后捡来了一只死狗，他想把这只狗做成一顿美味的佳肴，于是利索地剥掉狗皮，并将整条狗放在菜板上，拿起他磨得削铁如泥的刀将狗剁成了块，用从压水井压出来的水将其冲洗完毕放在铁盆里，用盐将肉块腌制了一中午。下午，他用拿手的好活将腌制好的狗肉放进高压锅里，给高压锅加足了马力，只等着开锅后让孩子们来吃了。

"等孩子们从东河边回来就可以吃上这香喷喷的狗肉了！"

看着成金杰忙了一上午的陈家美、青胜蓝、程金珍一直在说："这只狗都不知道是怎么死的，你给孩子吃了，会不会药着孩子？"

成金杰道："还药着孩子？到时汤喝得都不剩。"

当她们再次质疑时，成金杰再次笃定地说道："即便这只狗是被毒死的，身上有病菌，也让高压锅给闷死了！"

就在她们再次提出疑问的时候，成金杰说道："出锅后，我先吃！"

当成江洋领着一帮兄弟回来时，成金杰打开香喷喷的高压锅，还没等他发话，登时高压锅里是渣末不剩。

和成江海经常一起玩耍的幸福与光明兄妹两个，急得嗷嗷直叫，他们是父母近亲结婚生的两个哑巴，在他们急得不可开交时，成江海将手中的一块狗肉分给了他们，幸福与光明看着这狗肉如获至宝。

经常和成江河与成浪河玩耍的海海与海龙兄弟两个狼吞虎咽。

与成江河、成浪河兄弟两个玩的小伙伴只要是看到好吃的，眼里就会迸发出灿烂的光芒。成江河依稀记得过往的欢快岁月，每当下午放学或者夜晚等他妈妈去了大爷家、三叔家聊天时，小伙伴们便会不约而同地来到他家，将他家里的鸡肉之类吃得一干二净。

这些美食，主要是成金顺从外面引进肉食鸡，青胜蓝在家里将东屋作为养鸡场，每有奄奄一息的鸡，便把它做成鸡渣，当宁静的夜晚来临时，空气中就充满了香甜的气味，来找成江河与成浪河玩的一群小伙伴不一会儿就会将一大铝盆用纯天然的冻鸡渣做的美食吃得精光，每当这时仿佛世界充满了无穷的美好。

海海与海龙在吃完鸡肉后又将鸡骨头拿起来吧嗒吧嗒有滋有味地吃了起来，小伙伴们问他们为啥吃骨头，他们不答，只是津津有味地吃着。

那时的物资极度匮乏，能吃上一顿肉，那可是人间至味了……

此时，成江河想，见到大侄子成树林，一定要带他去吃一顿好吃的……

当成江河见到成树林时，发现眼前这个比自己高一头的小伙子，是那么神采奕奕。成树林拿着一些绘制的视若珍宝的建筑图纸，打开了自己未来梦想的蓝图，由刚开始的与成江河的生疏慢慢变得熟悉起来。

特别是当成江河和他聊到成江洋在成家楼面朝黄土背朝天、汗流浃背的艰辛时，成树林仿佛有极大的拯救成江洋的信心。按照成树林的话，未来他不会让成江洋再承受生活的苦难，会让他和母亲过上悠然幸福开心的日子，不再为了生计奔忙，说这话时他眼睛里充满了一种力量。成江河看着他，感到这是一种难得的老天赐给他们的幸福，"自己不行，孩子行"，也算是人生的一种幸运了。

当成江河叮嘱成树林好好学习，将来到了社会上好好发展时，成树林仿佛初生牛犊不怕虎的精神涌现了出来，他阐述了自己对未来的想法，他说毕业后想要将所学的建筑设计专业知识运用到农村，为山水、田野赋予乡村文化与旅游新的意义，为城乡建设出一把力，并指着手中的一堆资料说他已经掌握了乡村振兴的相关政策，把握了当前社会的发展趋势，客观形势已经将"乡村文化与旅游"推上了时代的浪尖，原因就是人们迫切需要打开一种新的生活方式。他手中所拿的这些资料就是他潜心进行的建筑设计，他从规划端做起，设计以文化为魂、以生态为血液、以为乡村赋能为理念，集合各种产业于作品的设计中，力争能够建造出富有乡土气息的、回归田园生活的意境空间，希望未来能够产生社会效益，形成非常好的一个回流创业潮流……

他们边走边谈，到了学校最好的餐厅，点了几个硬菜接着聊。成树林不为满桌子的美味佳肴所动，他的兴奋点还留在他对未来的设想上……

成江河感觉大侄子的观点真的是很新颖，并且从内心抛出一个问号：难道真的是青出于蓝而胜于蓝吗？

在这个城市中他经常感受到自己的人生没有价值，感觉大城市将人当成了一种资源，能够创造价值的人，才是时代的弄潮儿。一个人越有价值，就越有自己的主见，越能够将自己的小宇宙迸发出来，而他俨然与这样有价值的人是越行越远……

在大城市他好似只能养活自己，而大城市也好像对他显示出了无尽的冷漠。当他看着成树林侃侃而谈时，回想起小时候成家楼乡里乡亲人情往来的情景，禁不住内心热乎起来……

当成江河告诉成树林毕业后要找一个稳定的工作，工作是人的第二次投胎时，成树林否定了成江河让他找一份稳定工作的想法，他要的是一个探索乡村世界的机会，而不是找一份工作一劳永逸。因为毕竟家人能够自食其力，身体还好，他毕业暂时还不需要肩负起养家的责任，年轻可以试错，在试错中加深对世界的认识，打拼一下有什么不可呢？如果一味追求稳定的生活，还不如回到成家楼和父亲成江洋一起种地。人有什么可怕的呢？

成江河听了成树林的话，感到他真的有勇气，是什么促使他有这样的勇气呢？自己读了万卷书，行了万里路，却依然不能走好自己的内心之路，难道是自己的问题吗？

第二章 对孩子的憧憬

1

这个周末是漫长的，成江河陷入了一种焦虑而又自我怀疑的状态中。让他陷入这种状态的，一个是大侄子成树林的观念在冲击他，自己的观念在青年的成树林面前显得那么老旧；再一个是近期爱人刘浪跟邻居李洁沟通多次后，想让自己的孩子走国际化的教育路子。刘浪根据她曾经留学的经历，结合近期她参加的针对青少年留学的各种展览，逐渐下定了要让孩子成桂林未来外出留学的决心。这与通过个人努力从成家楼那个山沟一路成长起来的成江河的意见产生了极大的分歧。

刘浪认为留学会让孩子将自己的格局打开，因为国内的一些教育体系与国外的教育体系完全不一样，只有看了世界后，才能了解世界，了解了世界视野就会打开，而不像成江河一样每天都被那些琐碎的事情捆绑，所有的精力全部都被消耗了，整天只想将工作做好，拿着那点工资，一辈子就死守在一个工作岗位上，只关注着自己工作的事情，真是井底之蛙！

刘浪说，来世界走一趟不容易，为什么不去多了解一些、多经历一些？为什么感觉不工作天就塌了呢？

成江河反驳的话很简单，就是他自己的经历告诉他，经济基础决定上层建筑，不工作吃啥喝啥？难道到了吃饭的点，朝西北方向张开口喝西北风吗？刘浪说："你这样的观点会让你一辈子感到暗淡无光，心中永远会有一道自我恐吓的深沟险壑，纵使长得像一个男子汉，但只会被生活重担压制得喘不上来气，纵使能活，但也好像活在一片黑暗中。"刘浪还告诉成江河，她不希望自己的孩子，形成成江河这样的价值观。

成江河和刘浪因意见不合多次争吵后，成江河头脑中多了些思考，若花了那么多钱而孩子未来不能挣出那么多钱，意义何在？

刘浪听了后以不容置疑的口气说道，让孩子去国外读书能够开阔视野，眼界开阔，心胸就会开阔，他便会更加热爱生活，不会在这么小的年龄就在深夜辗转反侧、焦虑不安。人生征途应该是星辰大海，而不是将所有精力都投入无尽的刷题和分数中，那样的世界观是干瘪的。应该让孩子锻炼沟通、领导、组织、时间管理和处理人际关系的能力，这是时代对孩子的生活和工作的要求，也应该让孩子成为品学兼优并有所追求的终身学习者。

成江河坚定地说道："人都是靠自己打拼，怎么还拼家里？不行才拼家里！"

刘浪听了成江河的话后，便一阵反驳，话中带着无尽的不满。

这种碰撞的价值观，让成江河在这个周末又陷入了回忆，这回忆很沉重，像棉花被按入河流后又重新捞了上来，不仅没有了暖融融的柔软，而且像是雨打了的落汤鸡，没有了以往的神采。

经过这么多年，他自己已经将这团棉花从水里捞出来，慢慢地吹干，想恢复原来蓬松的柔软的身姿。当成江河经过一番打拼，刚喘口气，孩子就迎着欢乐的童年的风追逐着未来！

不管他与刘浪在外出留学上的分歧有多大，他都不能让孩子受他曾经受过的苦是肯定的。"只要孩子来到了世上，父母就会牵挂一辈子"，宁愿让自己流血流汗流泪，也不能让孩子受委屈，这是作为一个男子汉的担当。

想到这儿，以往的种种情景又涌上了他的心头，瘫痪的奶奶、迷信的大娘、善良而固执的母亲、不信一切的程金珍，她们这些人都是鲜活的人，是什么让她们不能发挥自己的才能？只能靠男人来过自己的日子？

四婶的人生信条就是，靠神靠鬼靠别人，不如一切靠自己，四婶出生身高干家庭，有良好的知识背景，所以她处理事情是以知识为指引，靠分析而迈步，在行程中发挥着奋斗精神。

这一切不就是因为缺少了教育吗？

侄子成树林就是一家人辛勤工作，甚至砸锅卖铁供他上学，让他不管怎样也要跳龙门，跳了龙门才能有未来有希望。从小不学无术的成江洋，虽从头至尾没有管过成树林，但在成树林小学三年级时他装出一副伟岸父亲的模样，语重心长地说道："爸爸吃尽了苦头，也没什么资格说你，但对你有期望！"于是他拿出一张白纸在上面写了四个字：清华大学！"清华大学"的字迹如同鲲鹏展翅、飞龙在天，从字迹就能够看出来，他多么希望成树林未来有一日能乘风而起，扶摇直上九万里。

<u>2</u>

正陷于凌乱的回忆中，家里的门被打开了……

刘浪和去上舞蹈兴趣班的孩子回来了。回到家后，孩子没精打采，仿佛再没有一点力气去迎接任何课外班。一个孩子的精力再旺盛也会有疲惫的时候，当城市中的小孩在各种学习中显示出疲劳时，农村的那些孩子又在干啥呢？

农村没有大城市如此好的教育资源，即使给农村孩子好的资源，他们的父母也未必有经济能力给予他们支持。而刘浪花大钱培养孩子，为何却感觉孩子的童真和朝气在消失，结合成江河自己的困顿状态，仿佛突然从遥远的地方传来一个声音：读书的最终归宿，应该是让一个人的人生有笃定的幸福感、充盈感、拼搏感。

而他没有这种感觉，有的只是一种万事蹉跎的悲哀。此时看着疲惫的孩子，他在思索：孩子是赢在起跑线上了吗？思索片刻后，他得出一个结论：没有，孩子好像累趴在起跑线上了。

于是，他又开始了自己的唠叨："给孩子上那么多的辅导班，孩子能学得了那么多吗？"

刘浪听到这质疑的声音，感觉成江河将她对孩子付出的所有努力给予否定，将她的行为按在地上摩擦，顿时以无比坚定的语气反驳了成江河。

"给孩子上这么多的辅导班，让孩子有全面发展的能力，且不会比其他小孩差！"

两人又是一番唇枪舌剑，就在他和刘浪双方意见碰撞得比较激烈的时候，孩子却快乐地玩耍起来。当成江河和刘浪争执完毕，看到花了那么多心血而孩子却只喜欢玩耍时，成江河气不打一处来，便问孩子课堂上老师布置的作业完成了吗？看到孩子一脸茫然，便知道他将老师布置的作业统统抛到了脑后。

当成江河关掉电视，让孩子做作业时，孩子脸上出现了怒色，但只是敢怒不敢言。

当成江河认真看完孩子的作业并将错题一一指出来时，孩子却表现出满不在乎的样子。

"认真分析每一道题错的原因，要明白错在哪里！"成江河苦口婆心教导着，真挚的话语竟受到了孩子的漠视，孩子将他的话当成了耳旁风。

成江河语重心长地教育了一会儿，看到孩子一番叽叽歪歪满心不想做题的样子，内心里的火气仿佛汽油遇上了火苗腾一下就燃烧起来了。

"你知道这书中有什么吗？"他愤怒地质问道。孩子沉默半天，见成江河又发怒了，便像往常那样忍着自己的性子继续沉默着。

此时成江河又说出了那至少说了一万遍的话："书中有你未来的前途与光明大道！爸爸走过了成长这条路，用血和泪的经验给你讲的，你读好了书，将来就会少走弯路。"

"学习是改变命运的最佳捷径！"成江河咬着牙齿，看着孩子说道，"我们一家兄弟几个，爸爸之所以能够来到大城市，就是抓住了学习改变命运这条捷径……"

孩子实在忍不住了，便嘟囔道："我没有不做作业啊，我不是刚才做了吗？"

　　成江河将他做错的题一一指出来，并说道："你看你写的，做十道题错六道，你这是做作业吗？你这是糊弄你自己，知道吗？"然后，继续让孩子改作业。

　　孩子攥着笔，手颤抖起来，嘟嘟囔囔地不知道说了些什么，最终挥动着笔不情愿地改起了作业……

　　过了一会儿，成江河拿起孩子的作业本，看到上面讲了几遍还是依旧错的题，心中的愤怒再一次要爆发出来，但他还是压着火气给孩子再次分析错题的原因，可得到的孩子的反馈就像往石头里灌水一样油盐不进。

　　成江河终于无法压抑自己，愤怒像火山一样喷发到体外。他将本子啪的一声摔到桌面上，并像狮子一样进行了一阵咆哮，孩子在他咆哮时好似并没有恐惧，而是显得有些麻木。

　　"你知道你将来要成为什么样的人吗？"他又对孩子说出这样的话，孩子只是在玩手中的笔，好似没有听他的话。

　　"爸爸妈妈给你提供这么好的物质条件，你如果把握不好，那就是你自己的问题了。山区里有些孩子家庭条件很差，父母都挣不出吃的来，而他们自己却发奋读书，给你这么好的条件你都不珍惜。"他真想让炽热的话变成思想的光亮照进孩子的心房，让孩子感受到知识的璀璨光芒。然而孩子听着他的话，内心仿佛生长出了怨气，这怨气在愤怒中开出了一朵有毒的罂粟花。

　　一番较量之后，孩子使出了九牛二虎之力终于改完了错题，而后就去看电视了，他看电视看得津津有味，像一个快乐的音符。

　　而此时成江河又示范做家务，想让孩子养成做家务的习惯。

　　此时孩子却依旧在看电视，懒得去理会他。他对孩子说："一起参加劳动，劳动最光荣，劳动出智慧。"

不管他怎么唠叨，迎来的都是孩子的无视，是孩子看着电视机发出的咯咯的笑声。成江河看孩子无视他，想起了他过往成长的岁月，通过看自己走过的路，以自己的认知去畅想孩子的未来，内心有了一种不安之感，有些担心孩子的将来。

成江河在家里兄弟当中，算是有了一点突破，他想将接力棒传递下去，让孩子通过学习得到一个确定的未来。孩子有聪明的大脑，有丰富的创造力，还有在大城市丰富的教学资源，将来至少要像他这个样子。成江河叹了口气。

在每天的苦口婆心和孩子达不到他预期的希望当中，他思维混乱。看到孩子在愉快地玩耍看电视，他便会回忆起过往他与成浪河、成江海、成江湖、成江洋的经历，他们的差距就是从求学开始的，他们如从高山上流下来的涓涓细流汇聚成一条沧桑的大河，遇到了高山，高山将水分到不同的流域，从此他们出现了不同的人生轨迹，而后领略着不同的人生风景……

想到这里，他头脑中仿佛有了一种抛开生活的冰面，沉到水底深处去看清随着岁月的洗礼，兄弟们出现了怎样不同的人生的想法。

"江洋、江海、江湖他们每个人都不笨"，他喃喃道，"他们都是非常聪明的人，但现在生活的磨砺让他们怀疑自己，内心焦虑万分，这本不是他们应该过的生活。他们应该能够感受到城市的风景，能够在集体的活动当中进行狂欢，更能够在世俗的洪流当中浪遏飞舟。"但就是因为成江洋、成江湖、成江海没有抓住学习这条最佳途径而进入了沼泽地带，他们现在已经不知道江水流过群山，轻舟已过万重山时江水两岸猿声啼不住的美景，现实带来的是他们对生活的惴惴不安，认知的局限已经将他们囚在了一个笼子中了。他们在岁月中渐渐地将绝望的种子撒在了他们作为囚徒的心灵之中，他们渐渐在生活中麻木起来……

想到这儿，他发了疯似的咬着牙齿，朝孩子发了一通无名火："整天不学习，也不做家务，将来你怎么办？！你可知道你现在是浪费了你未来的美好生活的时间？！"

孩子看着他，猛地回击道："整天没完没了地怒吼。别人看个电视，你也要打扰别人的快乐时光！"

"这个社会是充满竞争的，你现在玩得欢，将来生活会给你拉清单！"

孩子哪里能够明白他的话语，满脸的郁闷，直到邻居李洁带小孩来家串门，才打消了他本想再教育一下孩子的念头。

3

当李洁一家人来到家后，家里顿时多了欢乐的气氛，孩子玩耍的吵闹成了欢乐的海洋，在一片吵闹声中大人让孩子去房间玩耍，大人们则坐在客厅喝起了茶。茶缓缓流淌，人缓缓说话。李洁打开了话匣子，吐露出了要在这个炎热的夏季过后就带孩子去大洋彼岸求学，进行国际化教育的想法。李洁那旺盛的精力像烈日下盛开的月季花，吐露出的都是芬芳，纵使生意亏损了几千万元，他依然从她身上看不出焦虑的影子，不管什么困难的事情在她那儿都成了一趟旅程。

此时，李洁让孩子去国外求学的调子已经定下来了。她精明干练，经过十多年的打拼最终在海州创办了自己的公司。李洁要带孩子去的是发达国家，她顺手递给刘浪一沓资料。刘浪将资料打开认真地看了起来，片刻后，跟李洁聊起了孩子留学的途径，并更加坚定了让成桂林留学的想法。

李洁说，先让孩子去读国际学校，未来刘浪和成江河他们可以通过资产移民。

成江河听后，很是惊讶。

"国内容不下你们了吗？怎么都要跑到国外去？小孩出国以后，假设他再回来，也干一个就像我们这样的工作，待遇一般还要面临买房子的问题，心理落差如何处理？"

李洁听了成江河的话，反驳道："在国外读书，见识的东西会更多一些，眼界会更宽广一些，他的格局会更大一些，未来起码会开心快乐一些。"

"你是干什么都那么不寻常。孩子让去国外，工作也是干几年就跳槽，又开公司，真是不可思议。"成江河又道。

刘浪感觉成江河对李洁说话有些讽刺的味道，就立马接话说："你为什么对新鲜事物就那么排斥呢？"

李洁对成江河的话似乎并不介意，她笑了笑道："当我去一个单位的时候，并不是说我一定要在那里干多久，觉得合适我会干久一点。人生有什么怕的，有什么后悔的呢？"

"你是真洒脱！你不感觉辞职后，天会塌吗？"成江河反问道。

"天怎么会塌呢？！我辞职后，并不觉得我失业了，我可以干的事情还有很多，不工作的时间有自由，可以陪孩子去读书，可以去旅游，还可以学学股票知识、房产投资知识。这些让我很充实，我不会那么想。"

成江河还是满脸的疑问，因此他又说这些是人生重大的事情，是牵一发而动全身的大事，要慎重。

刘浪打定了要送孩子外出学习的决心。当成江河再次提出"国外的月亮就比国内圆吗？现在咱们国家越来越强大了，为啥要执意将孩子送出去"的疑问后，刘浪态度坚决地回应道，并不是让孩子去外面读大学是因为外面的月亮圆，而是想让孩子释放他的天性……且她过往的留学经历告诉她应该这么做。成江河再次执意地说道，国家这几十年教育发展如此快，各类职业化院校、大学是百花齐放，为啥不能坚定文化自信呢？为什么一心想外出？未来中国的发展会引领世界潮流……

刘浪听后，回怼他的话语像连绵不绝的江水，她那国际化教育的视野及思路让成江河再次陷入了沉思，不由得回忆起了他过往的求学经历，一心只看分数，当分数不如意时，便陷入绝望。为了寻求生活的出路求学多年，搞得自己怅然、困顿、自卑、忧郁，以至于多年之后他还在进行着自我疗愈，直到现在他还未走出自卑，也很难拾起自信。

当他面对学习上带来的打击、自我疗愈时，会不时地陷入一种怨恨世界、憎恨他人的情绪，以至于受不了心理上的压力，像久闷在屋子里的人打不开通风的窗，慢慢地只能承受室内沉闷的气息。

成江河说了他过往的不能打开的心结，刘浪听后道："你不要沉浸在你那巴掌大的一片天，世界很大，不要老关注那一点，可以外出看看。"成江河听后叹了一口气，再次想到他求学就是为了找份好工作，如果没有好工作，他怎么才能摆脱原来的黑暗生活，怎么能过上现在这样的生活？！

他说："孩子的事情你们再论证论证，这是大事，别外出了将来不回来了，养老怎么办？"

刘浪和李洁听了他的话，表示不理解，回道："难道养儿就是为了防老？为了指望孩子能够让自己依靠？"这一强有力的反问，让成江河的想法好像退到了墙角处。但按照他的认知，养儿防老是必然的，将来随着老年的步履蹒跚及那些无可预知的疾病袭来时，没有血缘关系的人是不会去理一个垂垂老矣的病恹恹的老年人的。这种感觉正如他来到了大城市，与青胜蓝、成金顺空间上的距离变远，让他时不时地哀愁一样。于是他说道："人到老年会感到无尽的孤独及空虚，如果没有子女在身边将会感知到无尽冷漠与无情。"

"你老了吗？先过好当下再说未来吧。"刘浪含含糊糊地和他说。然后就不作声了，因为两人的思维不在一个频道上，多说无益。

成江河感到空气中的沉闷气味，他在思考自己的过往。为啥都是人，这眼界怎么就是不一样呢？他在思考这个问题，呼吸仿佛变得急促，难道是人的出身不同？

突然感受到了这个点，成江河内心一番战栗，他像个踉踉跄跄的不倒翁，禁不住又神思起来……

第三章　愤怒中的试图觉醒

1

车辆从小区驶出来，穿过繁华的都市，游走于海洲奢华的 CBD 区域，成江河边听着动人的歌曲边赶往工作场所。

从来不怨命运之错，不怕旅途多坎坷，向着那梦中的地方去，错了我也不悔过。人生本来，苦恼已多，再多一次又如何？若没有分别痛苦时刻，你就不会珍惜我。千山万水脚下过，一缕情思挣不脱，纵然此时候情如火，心里话儿向谁说？我不怕旅途孤单寂寞，只要你也想念我，我不怕旅途孤单寂寞，只要你也想念我，只要你也想念我……

此时，一辆车从他面前划过，他知道这是辆新型车，这车的性能和一般的车完全不同，这种车是以一种整体化的思维来解决车的零散组件配置的问题。看到街上的无人驾驶的汽车，在苍茫的大地上平稳地行进时，他不由得感叹：科技改变了生活！

感叹刚发出就出现了路上堵车的状况，还没等他回过神来，电话铃响了。"你在哪里？会议马上开始了，上级领导都到了，你怎么还没到？！"一个气愤的声音从电话里呼啸而来，这声音穿过他的耳朵，曲里拐弯得像火焰一路燃烧到了他的整个胸腔！

这个家伙名叫涂磊，在职场中经常压制他，让他非常愤怒，这种愤怒让他恨不得上去敲掉涂磊的牙齿，揪起涂磊的耳朵，甚至在他脸上猛踹两脚，来出这口恶气，让涂磊知道他是不好欺负的，他的存在是"马王爷头上长着三只眼"！

多年来涂磊一直瞧不起他，这让他的这股愤怒情绪生根发芽。纵使心中气血上升多次，但最后只能自我消化。

说起涂磊，成江河气就不打一处来。涂磊作为他们的领导不但挑拨下面的人内斗，而且还时不时地贬低他的人格，见他不敢吱声，便变本加厉地欺负起他来。涂磊发起火来就像一头面目狰狞的野兽，亮出锋利的牙齿。且将他通过辛苦努力得来的项目，以看似合理的名目给他兄弟做。涂磊不但欺负他，而且还拉拢下面的人孤立他，在他表现出色的时候，也不予肯定，甚至完全否定。涂磊之所以这样做是因为成江河不听他的支使，他要将自己的权力应用到极致。按照涂磊的观点，自己要是那么委屈，当这个领导还有啥意思？！

成江河想起他对自己呼喊的穷凶极恶的样子，一股愤怒油然而生，这种郁结在成江河体内的气是一种无法言说的气，直到后来，成江河幡然醒悟：这是一股怨气，且他遇到问题时总会出现这种情绪，并非涂磊的缘故。

情绪归情绪，事情归事情，处理事情需要理智，而有情绪会让理智失去方向，也许这就是成江河精神不稳定的原因吧。

真是越着急越出乱子，本来就赶时间，路途还出现了阻滞，汽车在路上堵得死死的，前面的车辆一动不动，他要去开会的心好像飞出了嗓子眼。

这可是要向领导汇报最近工作的主要成果，作为主要的参与人员，涂磊本来想让他介绍一下的，结果他却被堵在了路上……

同事一个又一个地打来电话，问："到哪里了？"

涂磊又打来电话："你几点能到？全场都等你呢！"

"路上堵车呢，原本我可以到的……"

"不会打好提前量吗？你几岁的孩子了？办个事情总是出纰漏！"随即又受到了一顿指责与质问。

他挂了电话，突然焦躁、压抑了起来，在车里，他狂躁地大喊了一声，满腔的怒气像满江的水冲垮了堤岸。

一顿咆哮过后，他再看看这堵着的车辆，就像他的人生被堵住了一样，他看不到希望，能够感受到的就是无尽的焦虑在前方等待着他。

"为什么选择这条道路？你可以选择走其他道路，走其他道路你就不会这样堵了。"

关键是所有会议材料都在他的U盘中，他此时想到了上级领导审视涂磊的神情，并责备涂磊做事的粗糙，且怀疑他带团队的水平。他想到这件事情严重了，涂磊会更严重地打击他，升职更不可能了，因为涂磊一直揪着他的过错不放，时不时地说他就像一个毛糙的玩意儿，这让他产生了破罐子破摔的情绪。

此时他找不到排泄情绪的途径，他该怎么办？

　　这次是涂磊再次搅动了他的情绪，后来成江河领悟到不是涂磊引起他这股情绪的，而是自己格物有问题。

　　"侄子都长大成人了，自己怎么还这么幼稚？！难道你还是成家楼那个天真的孩子吗？！"他内心传来了一个声音。

　　在一番焦急之后，车辆行驶逐渐恢复正常速度，当他以迅雷不及掩耳之势赶到单位后，却迎来了涂磊对一群办公室同事的一顿咆哮，以及对成江河的怒骂！他一脸戾气地告知他，大家千辛万苦地忙活一通，最终因成江河的迟到，导致满盘皆输，而成江河也知道是自己造成的失误，于是说了一些为自己辩解的话，当大家走后，办公室里只留下了无比郁闷的成江河。

　　成江河受到过各种各样的气，这些气仿佛躲在工作、生活的角落处，在他心情平静时，这些犄角旮旯的情绪就会涌上心头。

　　他在工作中出现过各种错误，在发表个人意见时被无视，也被人无情地否定，在与同事合作中也产生过一些纠纷，这些琐事紧紧地追随他的脚步，并总在他心情渐好时，出来狠狠地给予他一击！

　　他像一个陀螺时不时地被气得鞭子抽打着躯体，严重时神经在猛烈地抖动，但是他还是在各种气的冲击中幸存下来了。就是这些小事情像沙子搁在鞋里一样，让他时不时难受，久而久之，他已经面部暗沉，身体上背着一副沉重的躯壳，神思像是在游走，郁郁寡欢，难以露出笑容。虽然他穿着干净得体，但是从他的眼神及气质上来看，有一种沉重的烦恼和忧虑在缠绕着他。虽然工作能给予他一定的经济支撑，但他摆脱不了那种忧愁郁闷的情绪。

　　因为这股情绪，他曾经在失眠的夜里，从床上爬了起来，看着天空中皎洁的月光，让情绪随着如流水的月光，一并缓缓流淌。
那时，他为了排解困顿、忧郁、苦闷的情绪，坐在书桌前拿起笔来，
在空白的纸上写下愿望。这种愿望在现实的困顿与畅想的美好的
矛盾中游走着，让文字承载着他的希望带他到美好的远方。

纵使你不够快乐

也不要把眉头紧锁

生命就是一趟旅程

不要随意栽培苦涩

敞开宽广的胸膛

去迎接晨风雨露霞光

张开宽厚的臂膀

让嚎叫的列车穿过胸膛

快乐总是很简单

简单得恰似煦暖春风

来得自然

去得洒脱

快乐来时

万花争放春盎然

如鱼翔浅底的随意

似秋风扫过满山红叶

这就是快乐

……

写的是快乐，但内心满是忧愁与不安，好似一条绳索在慢慢地摸向他仰起的脖子……

2

这次堵车造成了成江河工作的被动。成江河精神颓废了。所有乱七八糟的事情，像一地鸡毛一样，向他袭来。当涂磊又将任务塞给他，连意见都没征求就塞给他时，他内心里有一万个不情愿，但是嘴巴上却说不出合适的拒绝的话。

涂磊的颐指气使及飞扬跋扈，且当他犯了错误时，一句句如雷声般的指责，让他自我价值体系崩溃了，他有一种无力感在心头。

确实，高考有分数线，衡量水平的指标就是分数，而现在进入了社会，所有的评判依据都变得那么模糊。他经受着各种情绪的袭击，每当事情不能处理时，一种怨气就在心头像火山喷发慢慢溢出岩浆来一样，一直纠缠着他的神经，让他越来越颓废。

颓废之余，他的眼睛总是向外看去，从不关照自己的内心，外界不符合他的预期，他就生出一种极大的愤怒，却忽略了事实是怎样的。有一天他突然开窍，发现以往纠结的是自己的主观情绪而未将精力及神思集中在事实上。那困顿迷惑之时，他怀着对外界的怒气写下了一段话，表达他对那些给予他敌意的人的不满。他感觉别人不理解他，此时他种种的不良情绪都是隐隐地指责别人，而从没有对自己的内心进行审视。在自我困顿时，他拼命地从书籍中寻找心灵的养分。

尽管书中的道理像滔滔江水连绵不绝地涌来，但是他还是很郁闷，因为他的眼睛总是盯着外在世界，且对外在的事与人有无尽的埋怨。埋怨的结果就是一种忧郁的情绪在心头萦绕，像黑云压城城欲摧，他怎么才能够获得心灵上的甲光向日金鳞开呢？

3

总之，这次堵车未能准时参加会议让他再次陷入了沉思，让他内心再次翻腾，他该怎么办呢？按照这种状况下去，估计他在这个单位慢慢地就失去了竞争力，慢慢地就会过上颓废的人生。此时他想起了大侄子成树林，成树林的想法是年轻人怕什么？年轻可以试错。而他呢？他现在是上有老下有小，人到中年万事忧了。

于是他禁不住回想起在成家楼的欢乐时光，回想起小时候的快乐来。有人说好的童年能治愈一生，也许就是这个道理。像以往在成家楼那种快乐的生活，那时像荒草一样在野蛮生长，做事情没有人指导，母亲青胜蓝寄予他一个热切的愿望：考上大学吃国家粮，而他也一步步变成了现在的模样。

成江河想起了小时候的画面，他在成家楼像风一样扫荡过田野，像游走的鱼一样激荡过河水，像淘宝者一样在东河边及山岭上找寻着每一处鸟窝……

在那个村庄，除了玩耍外，也就是玩耍了。农村的春耕、秋收、冬藏的劳务活动，成江河是啥也没有参与过。仅有的一次麦收，还是母亲得了肾结石，不能劳作，他放学后兴致勃勃地拿起镰刀到了麦地，与成浪河进行了看谁割得快的比赛，割了不到一个麦地长的蹊子，就累得发了高烧。本以为能够替家里分担点活，结果给家里添了些乱，打了几天的针，还成了家人的保护对象。而成浪河却与父亲一起担起了割麦子的重任。成江河就知道玩，童年在他的记忆里除了看一台黑白电视机里的奥特曼和葫芦娃、《西游记》《聊斋》《渴望》外，就是玩耍，玩耍。而对于参与劳动，在他头脑里没有留下任何的印记。长大后想成为动画片里有"鹰的眼睛，狼的耳朵，豹的速度，熊的力量"的人，但他好像活成了挑着担、牵着马的沙僧，在人群中毫不起眼。

那亩麦田就离他家几百米远，从他家出来，经过一个山沟爬上一个大土坡后就看到了一片绿油油的麦田，这个麦田向东一直延伸到东河边，向北延伸到东河的转弯处。

经过山沟，那里有几十米宽的大杨树林，大杨树林一直延伸到东河边，白天小孩子们在树林里一起爬树、粘知了，夜晚打着手电筒满地抠知了鬼……

想到这儿，突然有无数段快乐记忆像优美的曲调一样缓缓流淌。他们这群小伙伴拿个煎饼跑到菜地里摘下几根嫩嫩的蒜薹，或者从新鲜的泥土中拔出一把蒜头，从黄瓜架上摘下鲜嫩的开着黄花的黄瓜，用煎饼卷起来，快乐地边吃边闹。他们从菜园的土坡上一个个跳下去，再你追我赶地跑到几十米外的河里，看谁能第一个在河里扎个猛子。他们在河里游泳、嬉戏，在河里扣蟹子、摸鱼。玩累了，再跑到别人瓜地里偷几个甜瓜，在小溪中抛来抛去，最后瓜进了他们的肚子里。那时的快乐是多么纯粹！

成浪河家与大哥成江洋家之间隔了一个柴火垛场，约五十米的距离，成浪河从家里出来拐一个弯顺着一个土坡一路撒欢就跑去了大爷大娘家。土坡边上的柴火垛场是成浪河、成江河小时候躲猫猫的场所，一群小孩躲在麦子和玉米秸的草垛里，玩得不亦乐乎。他们在躲猫猫之余就爬上柴火垛唱《黄土高坡》《信天游》《亚洲雄风》等歌曲……

而这个给他们带来无尽欢乐的草垛却给整个村的人带来了惊吓。

一天夜已深沉，沉睡中的一家人被一阵急促的吆喝声惊醒，一睁开眼，看到了漫天的火光，外面有人大喊着救火，声声入耳，此起彼伏。

青胜蓝让成江河、成浪河不要外出，她穿好衣服，拿着铁桶从瓮里盛了半桶水冲出了家门。

成江河和成浪河爬上后窗，看到离家后面约十米的那堆柴火垛不知怎的着了火，火在漆黑的夜空中像《西游记》中撒了欢的红孩儿吐出来的三昧真火一样在疯狂地燃烧着。不一会儿，人越聚越多，一盆一盆的水向火上浇去。成江河和成浪河看着漫天通红的火光，担心着青胜蓝的安危。两人在惊恐之中带着睡意进入了梦乡，等第二天醒来发现柴火垛成了一堆灰烬，看着站在灰烬边七嘴八舌的人，顿时松了一口气，还好火没有烧到自己家和大爷家的房子，成江河说道："即使烧到了也不会烧毁，因为咱是砖瓦房，咱大爷盖的！"那时，成金顺已经入城开启他的建筑生涯了。

多年以后，当回忆起这段往事来，成江河印象最深的就是他们在那堆柴火垛里躲猫猫。记得，一个秋季，成江河和成浪河回家，下田种地的青胜蓝还没有回来，他们等着等着就进了那个刚堆好的柴火垛，找了一个舒适地，两人不知不觉地便睡着了，睡梦中就听到有人喊："找到了，两个小孩在这里！"

青胜蓝一把将睡意蒙眬的他们从柴火垛中拉了出来，打了他们几巴掌，原来，青胜蓝回家发现两个孩子不在，找遍了全村，还是没有找到。于是全村人都帮忙寻找，那时全村的空气中充满了焦虑的味道。找到他们时，夜色已深沉，明月已高悬于天空中，焦虑化成了青胜蓝的泪水，娘儿仨禁不住抱头痛哭起来。旁边有人说道："找到就好，找到就好。"

从那时起，成江河和成浪河就开始摸索爬墙，看到青胜蓝还未到家，他们两个就像"燕子李三"沿着红砖墙的砖缝，像壁虎一样翻墙进入天井。

那时除了放学玩耍外，上学也在玩耍，在他的眼中只有一个字，那就是：玩！

第四章 对比的惊讶

1

这天周末，成江河带着孩子在咖啡厅里悠闲地喝着咖啡，想到将再次带孩子去看看城市的风景，禁不住有些感叹：现在自己的孩子除了享受大城市的设施外，还能够享受到良好的教育资源，不仅能够参观各种博物馆、图书馆，还能够吃到世界各地的美食。而当成江河将自己的童年趣事告知孩子时，孩子竟觉得是虚构的。

就在这时，扶贫捐款的消息再一次出现在他手机上，他看到扶贫的消息后，便不假思索捐出了几百元，他知道有些偏远落后的地方还有一些像他小时候一样穷苦的孩子，但是他不知道这些孩子未来是否能够像他一样幸运，能够克服艰难险阻踏入大城市。

他想，估计乡村的那些孩子，坐在破陋的教室里，等来了捐送的物资，他们那种喜悦，会像成家楼东边清澈的小溪流经整个树林带来的生机。也许，有些孩子会通过读书改变命运，但也许衣食无忧后，内心会迷失。他禁不住又回忆起过去野蛮生长的欢乐。

小时候的情景历历在目，与小伙伴在小溪里玩耍的场景像咖啡厅里凉爽的空气，沁人心脾。他喝着咖啡，品着咖啡的苦与甜，看着情侣旁若无人地秀恩爱，他又在想象未来的生活会是什么样的，是否社会发展还和这几十年一样极速地向前奔驰。他不由自主地喃喃道："自己有幸来到海州，而此时同样出生在成家楼的兄弟们，他们在故乡过得如何呢？"

他回想着过往的事情，同时分析当下的生活，并畅想未来自己会怎样。当想到未来时，他内心虽有些彷徨和焦虑不安，但依然坚定地认为，会有美好的未来在远方等着他！

他沉浸在思考当中，过了一会儿，他自语道："未来，过去和当下哪有区别，此时我不是活在过去、现在和未来一体的时空中吗？未来、过去和当下，它们三者是一样的，是同时展现的，为什么不对未来怀有美好的憧憬呢？"

他看着女儿在纸上画的一些凌乱的画，只见几只蝴蝶在纸上翩翩起舞。

成江河看着孩子想起了这几十年发生的变化，便对孩子说起了自己的感受："现在世界日新月异，唯有靠知识才能创造美好未来。爸爸这么多年，看到了整个时代的变迁，能够从山旮旯来到国际性的大都市，是知识改变命运的结果，最根本的一点，是学习的基础要打好，基础不牢，地动山摇！"

他本以为自己的深刻感受能够让孩子产生共鸣，但是孩子对他的话，好像还不如对眼前的雪糕有兴趣。

成江河看着边吃雪糕边转动手中的笔的孩子，猛地又回忆起了自己的过往。

"试想如果当初有人能够指导一下学习，能够指引一下自己的人生方向，那么人生会是什么样子？自己还会不会遇到问题不能解决，而总是怅然而视之？"

这时咖啡厅里响起了歌声"冷暖哪可休，回头多少个秋，寻遍了却偏失去，未盼却在手，我得到没有，没法解释得失错漏，刚刚听到望到便更改，不知哪里追究，一生何求"，成江河听后感叹不已，他这一生到底在求什么？

听着歌曲，他仿佛看到了过往的他为了"学而优则仕"而努力上进，当有了稳定的工作后，他慢慢内耗，一是他好似没有人生目标了，二是人人对名利充满渴望，人人都不能坦然面对自己的生活，都无法接受命运的安排，于是人人都在这种碰撞中煎熬着。

想到这儿，他突然想起了大哥成江洋小时候在东河边的芦苇地里唱着"天边飘过故乡的云，它不停地向我召唤，当身边的微风轻轻吹起，有个声音在对我呼唤，归来吧归来哟，浪迹天涯的游子，归来吧归来哟，别再四处漂泊……"

2

成江洋这些年在城里过得可是不如意，以至于厌倦了漂泊，回到了成家楼过着田园生活，现在成江洋俨然与成家楼的天地融为一体了。想到这儿他给成江洋打了个视频电话，跟大哥成江洋说起了大侄子的宏伟蓝图，并赞扬了大侄子。两人聊了一番后，成江河说到很怀念在成家楼的生活，并说起了满盈、满贵、有才、有干他们几个人在东河边吃螃蟹和鲜虾的场景，成江洋听后，说道：

"今非昔比，现在一提满盈、满贵、有才、有干他们，我的心中便五味杂陈。"

成江洋说有才、有干两个兄弟成了村里的光棍儿，在被泥水冲刷的老房子里看着一头驴，而满盈在东河边的小树林里和与他偷情的嫂子梅儿用自制的雷管炸得血肉模糊。

这让成江河惊讶不已，没想到那个充满欢乐的村庄，令他无比怀念的河边，有着无限美好的小树林，竟发生了比电影情节还荒诞的事儿。

成江洋详细谈起了满盈。满盈多年一直打光棍，穷得叮当响的家里只能先给哥哥满贵娶媳妇，再给满盈娶老婆。

满贵的媳妇梅儿不太漂亮，但是挺会打扮，一些观念也和满贵格格不入，他俩经常吵架，满贵除了爆粗口，有时还动手。

一天，梅儿跟满贵吵得不可开交后去找满盈诉苦，听梅儿诉苦的满盈对梅儿产生了怜惜之情，说出的话语像阵阵春风温暖着梅儿的心。梅儿对满盈说感觉嫁错了人，应该嫁给满盈。满盈多年内心里对女人的热烈渴望在梅儿那里得到了回应。两人之间的情感像东河的河水，雨季后涨满了整个土坡的河堤。

这种关系持续了几年，纸是包不住火的，满贵察觉出了。

半年后的一日，满贵说要去镇上赶集将家中攒了半年的两筐鸡蛋卖掉，一大早他就将两筐鸡蛋搬到了毛驴拉的底盘车上，假装去了镇上的集市。

满盈得知满贵去了集市，内心激动地跑去了梅儿家。他见到梅儿骨头像是酥了一样，近半年的时间他们不曾有过交集，满贵近半年来一直没有外出干过活。

满盈见到梅儿强烈的情感涌上了心头，他将梅儿从院中抱起，来到了屋子里的炕上。梅儿身上散发的女人香味，让满盈干瘪的精神再一次充盈起来，他希望跟她在一起，希望成为她的丈夫。梅儿也说再也无法忍受满贵的那副窝囊样，她想离开这个窝了。他们两个边激吻着，边说着这些话，一会儿像干柴烈火一样燃烧了起来。

当他们的火焰正在燃烧时，他们惊愕地看到满贵拿着一根棍子站到了炕前。

满贵拿起棍子向赤身裸体的他们打去，一时，嘶喊声、辱骂声、混战声惊动了左邻右舍，不一会儿屋子里站满了人。

一传十，十传百，流言在村子里炸开了锅，不到半天整个村子里都知道了这家发生的风流事。

当天，满盈带上自己的所有积蓄，拖着被打伤的腿，带着梅儿坐上了通往县城的车，并从县城一路北上到了哈尔滨，到那儿去找当初去东北开发黑土地的叔叔一家。

叔叔知道了他们的荒唐事，权衡利弊后，对他们说，在东北黑土地上他们作为外来户也是吃了上顿没有下顿，外来人要在这里扎根难，就像风筝断了线，并将他们从家中赶了出来。

满盈和梅儿在外一个月，身上的钱花完了，也居无定所，于是梅儿又埋怨起满盈做了出格的事。

回到村庄后，乡亲的指指点点让他们压抑得喘不过气来。一进入家门他们就看到满头白发的父母，又看到一见到他们进门就拿起棍子像疯狗一样的满贵，一番打斗与吵闹后，他们陷入了无尽的苦恼中。梅儿显然已经不能融入这个家了。

　　她站在村东头的河边很久，迷茫地问：自己怎么办？自己已无法面对任何人了？就在这时一只手从她身后伸了过来，搭在她的肩膀上，原来是自己的父母，一种复杂情绪涌上她心头，眼泪像河水一样流淌了下来。父母用拖拉机将她拉回了离成家楼十几里远的自己家中。

　　过了几天，陷入无限迷茫的梅儿，收到了满盈让人捎的口信，约她当天下午三点钟在村东头的小树林见。当梅儿来到见面的地点时，她看到了满盈异样的眼神，脸上写满了死亡的坚决。"没有人能够容下我们了，能容下我们的是来生！"满盈用绳索将梅儿绑在了一棵几十年的老柳树上，说着来生"在天愿作比翼鸟，在地愿为连理枝"的话，不管梅儿怎么苦苦哀求，他依然拉响了绑在腰中的自制雷管，刹那间，一对鲜活的人变得血肉模糊。

　　满盈、满贵、有才、有干如果通过学习走出农村，那么他们的人生现在又会是另一番景象，靠知识改变命运的成江河此时最强烈的一个想法就是，一定要让孩子好好学习，唯有学习好走出去才能够领略不同人生的风景，才能有一番海阔天空的景象。猛然他又疑惑了，他自己从成家楼走出来进入了新的天地，但是他为啥也一番蹉跎呢？

　　这么多年他一直压抑痛苦地活着，他极度自我否定。他十分迷茫，正如他自己所作的诗那样：

　　　　穿越那片森林
　　　　带着丰沛的情感和毅力
　　　　弯弯曲曲的路

潺潺的流水
风轻云淡的天
在穿越中
找不到
哪个是路
哪个是流水
哪个是天

　　虽然他找不到自己当下的出路，但是他以自己的阅历及感知
总结得出让自己学习，不学习就不能开拓好的未来。

第五章 回忆之旅——开拓

1

这天周一，成江河坐在办公室里有了一种前所未有的孤独感，这种孤独感像一个幽灵一样纠缠着他，他多想有一束光来点燃他内心孤独的干草，让干草的火燃烧他整个心灵的草原。

涂磊拿着他做的文件以不可遏制的怒气向他奔来，文件做得既不符合规定又出现了些许错别字。他还未从未及时参加会议的情绪中抽离出来，这种责怪自我的情绪像偷袭的骑兵一样一阵阵向他袭来，搞得他身心疲惫，所以才出现了文件的错误。

一直以来，成江河自命不凡，以居高临下的姿态来看待周围一切的人和事，但是在一次次不得志、不被重视中，他逐渐产生了消极的念头，但他还是不甘心，一种声音在暗暗告知他，他会"柳暗花明又一村"的。当工作中出现了问题，造成情绪上的波动时，他就会用自我怀疑的长矛攻击自己的内心，为啥他不能够很好地处理类似的事情呢？他情绪漂浮着、游荡着，也在自我困顿着，让他越来越陷入生活的泥沼。在工作中，成江河的想法显得无足轻重，且受到涂磊的质疑，内心一直苦闷忧愁。

他又被涂磊训斥一通，坐在办公室桌前生着闷气，看着一直没有照顾他的涂磊，心中充满了愤怒，厌恶之情随之而来，像脱缰的野马要从身体中奔腾而出。

他想起刚才的一幕：涂磊说他这么大个人了，连上班的时间也不遵守，且造成整个团队的被动，脑袋整天晕晕乎乎的！他极力争辩这不是他的错，他已经打好了半个小时的提前量，没想到路上堵车，让他不能准时参加会议。

涂磊一气之下怒吼一声且将文件摔在他的办公桌上，"你还争辩？你知道造成了多大的事故吗？"

涂磊一阵训斥后，带着气愤扬长而去，此时，他心中充满了不自在，这种不自在的感觉让他窒息。日常工作中，涂磊一旦抓住他在工作中的失误的辫子，就紧紧不放。还有多次，成江河认为他的观点是正确的，而刚一说出来就被涂磊否决了。积攒够失望及愤怒后，成江河不再寄希望于涂磊。他原本想通过这次汇报获得上级领导的认可，让他干涸的心再次得到泉水的滋润，让他不再自我怀疑，但又以自己迟到而告终。

"你可以尝试用自己的方式给生活以希望，人外有人，山外有山，成为人上人，难！"他闭着眼睛听到了心底这样的呼唤，但郁结的情绪像极了成家楼东河边芦苇荡里的一个臭水泥塘。

他想起了成家楼东河边芦苇荡里的臭水泥塘，小时候他从东河边沿着一条蜿蜒的小道进入芦苇荡，发现了那个臭水塘。臭水塘散发着臭烘烘的味道，特别是夏季的晌午时刻，知了在枝头上歌唱，太阳在空中发出灼热的光芒时，那种臭烘烘的味道简直深入骨髓。记得一个秋季的下午，成江河看着臭水塘里的黄鳝在游来游去，便一下子跳入了臭水塘去抓鱼鳝，浑身的臭泥裹住了他的双腿。当他抓住了黄鳝从鱼塘里跑出来时，身上已经裹满了臭烘烘的紫泥。他迎着秋风，快速地跑了起来，一下就跑到了清澈见底的东河里，他将黄鳝放到清澈的河里，并用清水将身上的淤泥洗去，看着黄鳝在水中自由自在地游。

情绪郁结的他，仿佛站在那个臭水鱼塘的边上闻着臭味，连续几个小时沉浸在煎熬中。

当回到家后刘浪见他一脸的郁闷，便问候了他一声。成江河说他要将自己搞疯了，他已经失去了对事情的热情，仅有的一点精力也在郁闷情绪中消失得无影无踪。

"我活得窝囊！"他喃喃道。他感觉自己被世人轻贱，他总觉得自己力不从心，总是受到灵魂的拷问："你怎么活得如此苦恼，如此令自己厌恶？"

此时，他闭上眼睛回想着自己在成家楼的童年，突然他仿佛看到了一个泪眼婆娑的婴儿。

他来到这个世界是不容易的。他记得母亲青胜蓝说过，那时她怀着六个月大的成江河，到处躲计划生育。

在那些日子里，青胜蓝像惊恐的鸟儿每日胆战心惊，当她问成金顺这个孩子怎么办时？成金顺毫不犹豫地说道："生下来，别人有两个孩子，我也要有，就是到了老年，我老汉推土垫猪圈也有人帮忙！"纵使生产队多次搜寻也没有找到青胜蓝的身影，当生产队找到成金顺让他交出青胜蓝时，成金顺淡定地说道："她去东北找她爹去了。"镇里决定让生产队的人跟他一起去找青胜蓝。成金顺答应了，回家将行李等打包好，一本正经地要和生产队去东北，但是，生产队突然决定放弃了，而那时青胜蓝正藏在冬季盛白菜的地窖里，冻得瑟瑟发抖。

终于有一天，成江河在姥姥鞠荣桂的接生下，来到了这个崭新的世界，一声啼哭将所有的不容易都宣泄了出来。

2

成金顺因为超生，违反了计划生育政策被辞工了，而成江河也被一家人嫌弃，认为他是一个扫把星。他们受到了一大家人的嫌弃与指责，"家里穷得叮当响，为啥还要生这个崽子？""明明过不下去了，还要逞能！"在一大家子的吵闹中他们分了家，此后多年，成江河在妈妈念叨家常时才知道原来计划生育二胎时，父亲成金顺被乡镇企业辞了工，分家后，无地儿可去，父亲就找了生产队长，一家人就住进了生产队的驴棚。

一家四口坚强地迎着村里人的冷眼生活在驴棚中。经过这么多年成江河的恐惧仍然在他的骨髓里、基因里、血液里。

成金顺被辞工后在生产队干农活，他就是努力挣工分，也挣不来一家吃的，于是，他破罐子破摔起来。成金顺遭到了家人嫌弃和外人嫌弃，他自己也在困惑中寻找着生计。成金顺相信车到山前必有路，船到桥头自然直。那时，成金顺待在驴棚里没有考虑太多，他所有的动力就是让一家人吃饱饭，让两个孩子活下去，自怨自艾不是出路，既然敢生就要养活。他在驴棚里不吃不喝整整待了三天，想出了他的出路。

第四天，他从草堆上爬了起来，吃了几口干粮，眼神里充满了坚定，然后往后沟走去。成金顺穿过后沟沿着东河一直向北走去，他穿过了附近的几个村庄，并爬过了几处横挡在村庄间的山岭，夜晚冒着冷冷的细雨，终于走到了石桥子。天刚刚亮，石桥子的集市有各种小摊。被生计折磨的他，此时已是饥肠辘辘，便吃了一斤油条，吃完油条两眼看着远处倒卖车子的人，此时，他脑袋里冒出了一条填饱家人肚子的路子。天无绝人之路。他找到了，最终还是找到了。他注意到他原来上班的乡镇企业工厂的人需要自行车，而在工厂附近买辆自行车需要五十元，这里经过修理的二手自行车二十五元，如果将自行车一倒卖，就来钱了。他如果一个月能够卖出一辆自行车，那一家人的温饱问题就解决了。此时，他掏了掏比脸还干净的兜，跟炸油条的一家人攀谈起来，并打了个白条，还顺了炸油条的一根烟。他跟卖车的人也攀谈了起来，约莫两个小时，他打出了一个月能够卖出十辆车的包票。于是，他们达成了口头上的协议，一辆车二十五元卖给他，如果一个月能够卖出十辆车，再便宜十元钱。

成金顺带着激动的心情，向自己原来的厂区奔去。此时，希望的光芒照耀了他的整个身躯，他胸膛里都是滚烫的力量，他清楚唯有靠双脚，才能踏出生活的路来。

他翻过了几座山岭，越过了两条河流，穿过了几个村庄，来到了厂区，向一个个工友咨询是否有买自行车的想法。在他一番口舌后，终于迎来了第一个答应买辆自行车的人，这个人从前是他的手下，出于对成金顺一家的同情以四十元的价格成交买了他一辆自行车。

就在夜晚卖车人要收摊时，成金顺拖着跑酸的双腿来到了他的面前，将二十五元钱递到了卖车人的手中。这单他赚了十五元。

此时，在驴棚中以泪洗面的青胜蓝，看着两个嗷嗷待哺的孩子，想到未来的日子无尽黑暗，便拿起了敌敌畏。在一旁的成浪河看着要饮药自尽的母亲，号啕大哭起来，并蹒跚地走过去夺下了青胜蓝手中的农药。

当成金顺迎着夜色回来时，成家楼的灯火基本都熄灭了。只听到一些蝈蝈、蛐蛐的叫声，那种声音像美妙的音乐，让成金顺听起来感到十分喜悦。上一次感觉如此喜悦还是村里的大队选他去镇里的工厂做工的时候，那时，成金顺高中毕业，在村里的生产队表现很好，且镇上的工厂招工都是村里推荐。在被辞工前，成金顺年年被厂里评为优秀，也成了主抓生产的放心人。

当成金顺将驴棚的门打开时，里面传来了带着哭腔及恐惧的声音："谁？"

"还能有谁？"成金顺用兴奋的声音回复道。

"唉！"一声长叹后，青胜蓝又道，"这里穷得叮当响，就是鬼进来，人也不会进来。"

成金顺用洋火点燃了在集市上买的蜡烛，顿时整个驴棚亮了起来，以往昏暗的驴棚顿时成了明亮的天堂。

"你哪里搞的蜡烛？"

"别说蜡烛，你看这是什么？"成金顺将在集市上买的一些点心、罐头之类的东西从包里拿出来时，青胜蓝吓了一跳，她赶忙质问道："你做了什么？从哪里得来的东西？"

成金顺将这一天一夜的经历原原本本地告诉了青胜蓝，绝望的青胜蓝仿佛看到了未来的曙光，禁不住喜极而泣。

青胜蓝将自己这一天的悲观想法告诉了成金顺，成金顺听后道："天塌了有高个子顶着，家里有我你愁什么？！"

"有你？自己没有数？！家里穷得叮当响，还非要这个讨债鬼！"

"你懂什么！有个孩子，就是将来我老了，推个土垫个猪圈，也有人和我一起！"

"你还想有猪圈？现在住在驴棚，连间屋都没有，你还想有猪圈？"

"你等着，不出几年我就会将屋建起来，盖个猪圈也是全村最好的！"成金顺坚定地说道。

青胜蓝听后叹了口气，想起她弟弟青胜乐从自己的庄里满心欢喜地来到成家楼看望自己的姐姐，当来到成家楼后看到破旧的驴棚及两个嗷嗷待哺的孩子，禁不住泪流满面，心里五味杂陈。当青胜乐回到家被母亲鞠荣桂问姐姐家如何时，他强忍着情绪，用手在空中抹了一把。鞠荣桂不知这是什么意思，但看到青胜乐的表情，她似乎明白了什么。多年后，青胜蓝过上了好日子，母亲鞠荣桂问到青胜乐在空中抓了一把是什么意思时，青胜乐说道："穷得用手都抓不到什么东西！"

<u>3</u>

在成金顺刚刚摸透生活的出路时，厂里又向他伸来了橄榄枝，这让青胜蓝喜出望外。而成金顺却不发一言。青胜蓝百思不得其解，成金顺却说道，家里两个孩子离不开，他不能回厂里抓生产了。当青胜蓝质问他时，说："厂里的残次品太多，掌握核心技术的就我一人，他们还会回来的。"并说到好玉要待价而沽，让青胜蓝沉住气。

过了几天厂里抓生产的快要退休的厂长又来请成金顺出山。此时，青胜蓝说起家庭的难处，成金顺父亲走得早，母亲又腿脚不便，她一个人既要干公社里的活，又要照看两个孩子。这沉重的生活重担落在她柔弱的肩膀上，纵使她是铁打的，也不能够将这生活的重任给担起，边说着边一把鼻涕一把泪。厂长听到青胜蓝的诉说，发出一连串生活不易的感叹，决定将成金顺回厂的待遇提高一倍。成金顺也说家里离不开他，厂长便说：回厂不仅待遇提高一倍，还让他当抓生产的车间副主任。

厂长走后，青胜蓝心里喜悦无比，道："可以去上班了吧？"成金顺笑了笑道："还会来的。"果然，一天上午镇上抓生产的书记来到成金顺家。

映入书记眼中的是驴棚中的驴在嗷嗷叫，两个孩子在嗷嗷大哭，青胜蓝一直泪流满面，成金顺吸着烟，书记说厂里生产效益下滑，胎模的残品率增长到了百分之八十，而成金顺在时，基本每个模具都完好，于是，开出了工资待遇翻两番，并将他提拔为抓生产的主任的待遇，成金顺说"再看看"，但等书记走后，一家人乐开了花。

在书记走后，成金顺又拖延了几天才去厂子报到，这让书记及厂里的人顿时兴高采烈起来，过了半年厂里的生产效益提高了，并成了县里的先进企业，成金顺被推荐为副厂长，一年后老厂长退休，成金顺成了厂长。

在成为厂长后，成金顺与镇上的书记关系更加紧密，毕竟书记请成金顺出山，且一直给予成金顺关照。一次酒后书记说起成金顺的家，知道他们一家还是与驴子一起生活，于是，告知砖厂、水泥厂的工人，在驴棚处先建造一套房子，古话说：安居才能乐业。

不到一年时间，成金顺就在驴棚处建造了自己的砖瓦屋，那时父亲成胜基看着用砖瓦在建的房子，气不打一处来："吃了几天地瓜就忘了本！整个人烧包，盖土屋就行了，还盖砖瓦房！"为了照顾父亲情绪，用泥土麦莛子做成了泥土炕，让一家人都舒服了起来。

4

成金顺还是将砖瓦房建起来了，这是全村第一户红砖房，来参观的人络绎不绝。房子的建成，让成金顺扬眉吐气了一把。

水泥还没有干透，母亲李桂枝就迫不及待地睡在新屋的炕上，以至于落下了风湿病。

从那以后，李桂枝就渐渐地离不开拐杖了。

等成江河上小学时，李桂枝就不会走路了，病痛拖垮了她整个身躯，唯一能够医治的就是村里的一个名字叫陈淑秀的土医生。

当李桂枝阴雨天腿脚痛得不能走路时，家人就让孩子跑去陈淑秀家，将她请来。有时在，有时她外出看病去了。当她来时总是背一个医药箱，箱子上面画着一个红红的十字。她来后就坐在炕头上，打开药箱，拿出小针配上药，给李桂枝打一针。

自从李桂枝腿脚不能走路后，她就再没有住成金顺的房子了，大部分时间都是在自己的房子里，而就是在这个房子里，她养育了成金杰、成金顺、成金军、成金华四兄弟及成金兰、成金美、成金香三朵金花。

随着时间的推移，那老房子开始漏雨、坍塌。

从此，李桂枝就被几个儿女轮流照顾着，一家一个月，这样的日子持续了多年。李桂枝唯一的财产就是一头牛，这头牛也成了孩子们放学后的乐趣。有一次，天气炎热，成江河、成浪河着实不想在树荫底下待了，口渴得要命，使劲拽牛鼻子，结果牛发了疯，用牛角顶了他们，两个孩子都被顶到了灌木中，一边哭着一边喊道日后再不去放这头不听话的牛了！

当电视中播放着《篱笆·女人和狗》时，瘫坐在炕头的李桂枝想起过往的悠悠岁月，她年纪轻轻就嫁给了成胜基，现在孩子们都已经成家立业了，忙着为生计而奔波，而她越发感到孤寂，她经常向青胜蓝问道："我的老屋怎样了？"一种恋恋不舍的情感总是涌上心头，当她得知那土屋在雨水的冲刷下慢慢失去原形时，她让青胜蓝、陈家美、程金珍带着她到老屋看看，当看到自己的老屋时，她禁不住流下了泪水。在一个大雨滂沱的夜晚，李桂枝仅有的一头牛也被淹死了。

5

那时成金顺在乡镇企业上班，经常以厂长的身份去各地出差，他渐渐有了辞去厂长一职，去都市捞金的想法。一天成金顺从镇上回家带了一点水果。成金顺从包里拿出一把香蕉，成江河和成浪河看着这金黄色像黄瓜一样的玩意儿，禁不住好奇起来。青胜蓝掰下两根香蕉给他们吃，并说道："剩余的给奶奶吃。"成江河和成浪河第一次吃到香蕉，他俩说："怎么这么好吃！"他们吃完以后还想吃，于是又跑去屋内，奶奶正吃得津津有味。奶奶看他们过来，便又给了他们一人两根香蕉，青胜蓝说："有东西先给奶奶吃，记得以后先孝敬老人再顾自己。"就在这时，成金顺对李桂枝说道，他想外出闯一闯。李桂枝毫不犹豫地说道："人挪活，树挪死，看准了的去干就行，不行就回来，你盖的这两间大屋和那几亩地也够过日子了。"

当得到了母亲李桂枝的支持后，他坚定了去外面闯一闯的想法。一个周末，他骑着自行车穿过连绵起伏的群山，到了青胜蓝的老家，找到了青胜蓝的弟弟青胜乐，和他说想与他一起干建筑闯天下。青胜乐听了稍犹豫了一会儿，便问道："我外出打工是没有出路的出路，你在企业里干得风生水起为啥有此想法？"一些疑问像龙卷风一样扑面而来。成金顺坚定地表达了自己的想法。当青胜乐哥哥青胜德将一桌子菜做好后，三人开始煮酒论前途。

青胜德听了成金顺走南闯北的见识，认为自己改变命运的机会来了，便说出了想和成金顺一起仗剑走天涯的想法；就是闯不出半边天，大不了，回来再去耕那几亩地。当鞠荣桂听了他们的想法后，便对成金顺说："日子刚安稳，你就想三想四，好好上班赚两块钱过好自己的小日子，将两个嗷嗷待哺的孩子养大成人是正经。"成金顺听了这话，一气之下骑着自己的车子就走，"自己决定的事，由不得你们！"

开弓就没有回头箭，那就仗剑走天涯吧。他不顾厂里的阻拦，毅然提出了辞职。他辞去工作后，毅然涌入了打工的浪潮。他觉得是金子总会发光的。他背着铺盖来到了青胜乐工作的地方，加入了青胜乐工作的队伍。因他做过厂长，有管理经验，深受包工头的赏识，于是干了两周的建筑小工后，被提拔为保管员，在从事保管员的过程中，他采购物料和管理工作都做得十分出色。有一天，青胜乐与包工头因工程质量问题闹翻了脸，此时，成金顺坚定地站到了包工头的一方。成金顺认为青胜乐在抓工程质量一事上犯了主观性的错误，应该受到批评。青胜乐面对包工头的无情批评，大喊一声："老子不干了！"他背起了归家的行囊，踏上了回家的路途。

这时，包工头长期服务的公司又承接了一个项目，但当项目负责人知道是这个包工头承包时，十分排斥，原因是这个包工头曾经因工程项目问题和此单位打过官司。在骑虎难下之时，包工头选择让成金顺去代理项目。得到此项目的成金顺像蛟龙出海，将青胜乐、成金杰、成金军、青胜德等一帮人聚集到一起，经过一番打拼后，受到了项目单位的信任。此后成金顺的口碑逐渐在整个区里响当当地立起来，他在一年之内拿下了六个项目，创办了万里青山建筑公司。

就在成金杰、成金顺、成金军在外打拼的那段时光，母亲李桂枝因长久瘫痪在炕上，最终在一个油菜花开满山野的春季，像一朵美丽的蝴蝶一样飞向了她的归宿。

那天下午，当成江河和成江湖放学回家后，一进门，他们两个喊着奶奶，却没有听到屋内说话的声音，就一溜烟地跑到奶奶的房间，发现奶奶已经永远地睡着了。

他们惊慌地跑出屋子时，成金香正带着一些好吃的从河南边的自己家来看母亲，当她看到母亲已经永远地沉睡过去了，泪水夺眶而出。此时，成江河和成江湖两个孩子不知所措，只是在寻找他们各自的母亲青胜蓝和程金珍。

李桂枝长年瘫痪的双腿不能带她领略成家楼的美好，她在这个美丽的春季像雨露一样滴落在西岭的山头上。日后不管风吹雨淋，也不管春夏秋冬，她和自己的老伴成胜基永远地沉睡在这苍茫大地上了……

"亲戚或余悲，他人亦已歌。死去何所道，托体同山阿。"这是成江河第一次面对亲人的离去，多年以后，成江河感到生命的可贵及生命的脆弱与坚强。他也时常想起他们几兄弟上学时的欢乐时光。

<u>6</u>

他们几个兄弟中第一个走出庄子的是大哥成江洋。他每次从镇上的初中放假回来就去成家楼小学找成江河、成浪河、成江湖等人，俨然是一派大哥模样。那种童年被大哥关怀的感觉，过了多年成江河每每想起，都觉得亲切温暖。

成江洋每次去找成江河时，看到成金顺给成江河、成浪河买的钢笔，都十分羡慕。那时，有一支钢笔是多么令人羡慕的事情，而到了成江河的手中却成了一块板砖或石头。成浪河对这些笔爱不释手，但又抢不过成江河，只能用铅笔和圆珠笔。成浪河后来也上了镇上的中学，成为兄弟中走出成家楼的第二人。成浪河一到周末就会带回来一些流行歌曲。"曾经以为我的家，是一张张的票根，撕开后展开旅程，投入另外一个陌生。这样飘荡多少天，这样孤独多少年，终点又回到起点，到现在我才发觉：哦，路过的人我早已忘记，经过的事已随风而去，驿动的心已渐渐平息……"

那时，成浪河对爱练武的成江河说道，镇上的书店有练武的书籍，等下周末回来时给他买一本。到了周末成江河便和成江湖、海海等小伙伴期待收到练武的书，过了一天又一天，成江河终于收到了成浪河带来的书。书中有一些练武的动作及讲解，在无人指导的情况下，成江河与成江湖、海海一起练功，最终练成了蛤蟆功。

在村里让他们最为期待的就是大队组织放电影。偌大的场地坐满了全村的男女老少，孩子们在疯狂地玩耍，大人们说着话。

当放映机投影到挂在空中的白色帆布、电影的声音从空中传来时，原本的人声鼎沸就变成了夜一样的寂静。大家开始全神贯注地观看电影。

经过一路的成长他们虽然有了认知的提高，生活水平也有了极大的改善，但原来无忧无虑的感觉已悄然逝去，只是成了回忆中的一道风景。

成江河想到他们兄弟几个现在为了生活各奔东西，禁不住发出了无限的感慨。

第六章　回忆之旅——路在何方

1

因为成金顺的万里青山建筑公司倒闭，一家人的心情坠入了无底深渊。在发生这样的家庭变故之时，成江河每天昏沉沉，陷入了长久的内耗中，以至于千军万马过独木桥时，他名落孙山。

高考后，他面对家庭债台高筑而一筹莫展，他想起了失去双亲初中就辍学在煤矿挖煤的同学何晏。于是他约了何晏，两人爬上了一座山，迎着微风，成江河忧愁地与何晏谈论着自己模糊不清的未来。

"路在何方？"成江河禁不住发出了疑问。挖煤已经三年多的何晏说路就在脚下。一番畅谈之后，何晏将成江河引荐给了正在招工扩产的矿区。

当成江河以柔弱的身板挑起生活沉重的大梁时，感到心力交瘁。

一个周末的夜晚，山区里一片寂静，他和何晏两人迎着皎洁的月光，喝着啤酒吃着花生米，任凭寒冷的空气肆虐他们的脸庞。

成江河知道未来的出路是再次去考大学，从这个山沟中逃离出去，只有考上大学，才能有稳定的工作，才能一雪前耻，才能像四叔成金华一样被成家楼全村老少羡慕。风儿吹来的是令他彻夜难眠的焦虑，他与家人通话后，得到的是家里也没有能力了，他只能靠自己的力量。

哥哥成浪河也说："你考不出学来，你的前途就像成家楼的海海一样，结婚，生个孩子，只能生活在悲哀中。"听了成浪河的话，成江河看着夜空中的星，内心又焦虑起来。

在焦虑的同时，他隐约地听到一个声音，他会通过考试获得光明的未来，并能冲破所有的困难与束缚，像四叔成金华一样光宗耀祖。

他对何晏说了他对未来的想法，何晏听后，一脸茫然，因为初中就辍学的他，对于高考完全没有概念。

两人又继续喝起了啤酒，成江河此时有些悲伤，感觉自己不应该有这么多的心理负担，同时他坚定地认为自己能够走出这个困境，他会义无反顾勇往直前。

此时有的只是母亲无奈的抱怨，父亲也像变了一个人似的，没有了以往的神气。

在一番思想斗争后，他坚定了挣脱命运枷锁的想法。于是每当夜幕降临，他就走出工房，拿着书本来到厕所学习。那时他脑子里充满了对知识的渴求，他深知只有掌握知识，才能改变命运。

他坚信：他会拨开人生的迷雾，蹚过泥泞，翻山越岭，拥有无限风光的人生。他找到了学习的快乐，便将所有的精力投入书山之中。在他通宵达旦、废寝忘食地学习和攻坚克难中，他仿佛感到与知识的世界建立了无限连接。在解决一个个难题中他的精神得到释放，仿佛越过了几座山，又蹚过了几条河流。

成江河凭着一股热血在矿区赚到了复读的学费，再次进入学校他将所有的精力都投入学习中，最后迎来了旱地里的甘霖，他终于成功了，他可以有一份稳定的工作了。他感到扬眉吐气，那种感觉像一匹在山谷中迷路的马儿，找到了通往光明的路径。

2

家里因为他考上大学而倍感自豪，仿佛被生活压弯的身板突然挺直了，此时，久久处在情绪低谷的青胜蓝仿佛枯木逢春，也感到扬眉吐气。

青胜蓝十分喜悦，奔走相告，当陈家美和程金珍得知这个消息时，禁不住生起自己孩子的气来，为何都是成家楼出来的，成江河就能考上大学？而此时正在复读的成浪河也产生了自我怀疑，"我真的不行吗？"

那时成浪河已是第三次备战高考了，俨然有些自闭，他除了没日没夜地在学校读书外，就是周末回一趟家换洗衣服。以往自己热爱的足球，也被束之高阁，而第三次高考又遭遇惨败。

成浪河产生了无尽的自我挫败感，因为他所有的付出颗粒无收，难道是自己脑子缺一块？成江河和成浪河说到了自己学习的经验，学习就如同朱熹《训学斋规》所告诫的那样，"凡读书，须整顿几案，令洁净端正，将书册齐整顿放，正身体，对书册，详缓看字，子细分明读之。须要读得字字响亮，不可误一字，不可少一字，不可多一字，不可倒一字，不可牵强暗记，只是要多诵遍数，自然上口，久远不忘。古人云：'读书百遍，其义自见'。谓读得熟，则不待解说，自晓其义也。余尝谓读书有三到，谓心到、眼到、口到。心不在此，则眼不看仔细，心眼既不专一，却只漫浪诵读，决不能记，记亦不能久也。三到之中，心到最急。心既到矣，眼口岂不到乎？"成浪河听了后若有所思。

成浪河名落孙山后，依然没有放弃学习，在酷热的夏天深耕于知识的田地，等到开学后，他又背上沉重的行囊去复读了……

成江河在上大学前，依然在矿区劳作，那时的成江河仿佛身上卸下了千斤重担，俨然没有了以往的焦虑。沉重的身躯也变得轻盈起来，心中十分自豪。

3

暑假过后，成江河踏上求学的列车，列车穿过了无穷无尽的山脉，一路南下的他开启了生活的新篇章。那时，他满怀对未来美好生活的憧憬，充满"问苍茫大地谁主沉浮"的豪迈。

大学暑假期间，成江河除了打工赚点自己的学费外，就是去找大哥成江洋及成江湖、成江海玩，而成浪河那时依然将头深埋在书本的海洋中。

当再次见到成江湖时，成江河内心有了无限的感慨。此时，成江湖不再有年少的轻狂，他眼中充满着无奈。

上学时的他无恶不作，称霸校园。当在社会上碰壁几年，他突然醒悟了：上学时的年少轻狂在进入社会后都会给他沉痛的教训。

虽然他跟学校的校花结了婚，但他们的生活一团乱麻，十分窘迫。

成江湖夫妻俩请成江河吃饭。酒过半旬，一向狂傲的成江湖却只是默默地给成江河倒着啤酒，成江河看着成江湖，道："你怎么变得这么沉默了？"

"我们一起在成家楼长大的，你成了天之骄子，未来会像四叔一样有一份体面的工作，而我却像丧家之犬……"说完他低下了头。他俩拿起啤酒瓶一饮而尽。

成江河多想兄弟们可以齐头并进，永远快乐得像小时候在成家楼那个小山村里一样，进入社会也能够凭借自身的努力幸福地生活。想法是美好的，但是现实却是残酷的。

此时，成江海也步了成江湖的后尘。成江海发挥着哥哥成江湖在学校的余威，俨然是一浪高过一浪，后浪将前浪拍在了沙滩上。成江河对成江海说："你要好好学习，未来有很长的路要走，不能狐假虎威地欺负别人，否则未来生活的残酷会无情地折磨你。"

成江海听了他的话，便以学校老大的身份说道："你是我哥，我不教训你，但你要知道在学校没人敢跟我这样说话！"

成江河看着他不可一世的样子，又进行了一番苦口婆心的教育，结果成江海桀骜不驯，差一点借着酒劲把成江河给揍了，他的名言就是："能动手尽量别唠叨！"

本应在学校吸收知识，去除愚昧的年龄，却将求知的信念抛到了九霄云外，将大好时光挥霍一空。

4

说起来最为遗憾的恐怕就是成江洋了。

成江洋两口子是贫贱夫妻百事哀。生活的不如意，让悠然渐渐地对他发起牢骚来，感觉跟着他受尽了苦，一朵鲜花插在了牛粪上。

悠然对成江洋寄予厚望，幻想成江洋能成就人生的辉煌，像四叔成金华一样。可是，他除了找成金杰要钱外，就是骗亲戚和朋友的钱，通过不劳而获来讨悠然的欢心。

成江洋总是纸上谈兵，每一次对悠然说他对未来的规划，悠然都说："去做吧，支持你。"但他从不付诸行动。

长时间的绝望后，悠然变得不再宽容，一听到他高谈阔论就道："光说不练假把式。你不付诸行动，永远不会成功。"成江洋渐渐失去了对生活的希望，变得十分颓废。

一天夜里，刚回到家的成金杰，就看到了又来要钱的成江洋。此时忙碌了一天，在外受气的成金杰心中顿时升起一股无名火，他便对成江洋一通辱骂，成江洋也一阵咆哮，父子俩争论得不可开交。

成江洋也想过要改变，但最终一番折腾后还是偃旗息鼓了。纵使有投资的好机会，他也不敢去投，只是观望，因为他失败了多次，再也经不起失败。悠然实在受不了成江洋破罐子破摔的模样，提出与成江洋离婚的想法。那一夜成江洋迎着月亮的余光，流下了伤心的泪水，他暗暗下定决心不再做寄生虫，不能被家里人看不起。此时，他多希望奶奶在护着他，并轻声地安慰他。他多么怀念小时候在成家楼和兄弟们一起度过的欢乐时光。他泪如雨下，深感生活不易。现在只有身边人的指指点点与嘲讽，自己成了兄弟们中的坏典型，是个无用的男人。"我要改头换面，不信一个大男人赚不来钱……"

第七章 回忆之旅——爱情来临

1

再一次开学后，成江河去歌乐山游玩，他遇到了一个开启他生命的春天的人。

那时，他正在看皖南事变的经过，还有"小萝卜头"，没想到小学课本上的"小萝卜头"，在这里再现了，这时他发出了一声感叹："唉，真是长见识啊，没想到课本上学的，现实中真的存在啊！"

听到背后有人在笑，他回头一看，仿佛看到了一朵美丽的玫瑰花在绽放。

"为啥笑？"

"为啥你感觉历史人物离你那么远呢？"

"总感觉书本上的东西离现实生活很远，今天来到这里真是开了眼界！"

"'小萝卜头'就是实际存在的啊。"女孩又发出了一阵铃铛般的笑声。

随后，两人又探讨起了皖南事变。

在分离之际，他们相互留了联系方式，之后便开始书信交流。书信跨越了千山万水，将两个情窦初开的少年，紧密地联系在一起。手机普及以后，他们便开始用手机联系。天涯海角情不断，情意绵绵跨长虹。

他们再次见面时，去了歌乐山，还去了渣滓洞、白公馆以及其他一些名胜古迹，领略了城市丰富的文化底蕴，看到了雄伟的山河景象。在嘉陵江畔，在校园里，在歌乐山下，他们之间的情愫迅速生长。

快乐的假期匆匆而过，刘浪要乘坐列车回到自己的校园了。成江河与刘浪在火车站相互依偎送别时，刘浪不舍的泪水夺眶而出。

2

岁月悠悠，又过了几年，成江河要大学毕业了。在毕业之际，他应聘到了矿业集团。他怀着雄心壮志进入了工作岗位，准备大干一番。

他本以为工作会如鱼得水，没想到他总被琐碎的事情缠身，且时常被领导否定。原本他以为考上大学后人生就是无限的风光，结果工作后他一直受挫。

他想起了成江洋的话："我们这一代不如上一代，你看看我们的父辈哪一个不是忍辱负重，你再看看我们！

"我爸是从农村外出打工的，但是他对生活没有一句怨言！你再看看俺二叔你爸，一个外地人在这片土地上开起自己的公司，即使再苦再累，他也没说委屈！你再看看咱四叔一穷二白到了大城市，自己打拼出了一片天，咱们小的是赶不上了！咱三叔虽然没有取得很大的成就，但他那种吃苦耐劳的劲，每天做面食从清晨忙到深夜，一年三百六十五天，即使发烧感冒也不休息，你说咱们哪一个有？！"

想到这里，他发出来自灵魂的拷问："难道自己真的如同别人说的那么差吗？"同时他告诉自己要像父辈一样挺直脊梁。

他一根接一根地抽着香烟，香烟刺激着他的身体，此刻他的心情十分郁闷。

"说白了是我工作不严谨、不细致，是吧？如果陷入消极的情绪中是自己的问题对吧？

"虽然受到了教育，但是自己学的东西好像跟现实联系不大，为什么自己还是在原来的焦虑圈中打转呢？难道自己没有成长？"

当他将所遇到的问题向刘浪诉说时，刘浪告诉他："工作的过程中需要建立良好的人际关系，唯有沟通顺畅才能解决好问题。你所说的问题可能是沟通问题。"

他经过自我反思，似乎有了一些成长。

那时成江洋陷入了赚不到钱而自我怀疑的挫败之中。成江洋开了出租车之后，早出晚归，也没赚到几个钱。于是他后悔没有像成江河、成浪河一样好好学习。成金杰也时常责备他不如成江河、成浪河，于是成江洋发出了"少壮不努力，老大徒伤悲"的感叹。在成江洋受到生活毒打的时候，成江河通过"学而优则仕"的路径成长起来了。

后来，单位里进行了基层干部提拔，刻苦努力、踏实工作的成江河也被提拔成了领导。自从那次提拔后，成江河仿佛又有了干劲，因为他的努力得到了正反馈，他的精神一下子支棱了起来。

他迅速将被提拔的好消息告诉了刘浪。在大洋彼岸留学的刘浪对他说："百尺竿头，更进一步。"

刘浪那时在遥远的大洋彼岸进行着东西方文化的碰撞，形成她开阔的思想，每当成江河心灵出现困顿时刘浪总是以开阔的思路开导他，这使得他日益进步。

刘浪时常安慰成江河说："人就是在一些事情上磨，才能遇到更好的自己。"

"纸上得来终觉浅，绝知此事要躬行。人就是要踏实地活在当下，而你可能是活在一种虚无缥缈的自我架构的生活之中了。"

"是吗？"

"是。"对成江河已经了解到骨髓里的刘浪这样说道。

3

时隔几个春秋，当出国归来的刘浪来到成江河工作的四线城市时，她告诉他人生应该有更开阔的空间，生命的轨迹不应该局限在这个四线城市。成江河却在诉说着对沉重生活的焦虑，纵使工作中他使出了全身的劲，但是好像还是不尽如人意。

刘浪出国留学及成功举办各种商业活动的经历，让她拥有了开阔的视野。成江河越发觉得刘浪内心中有一种笃定的自信，刘浪是靠行动的力量来打破见识的短浅。

"如果你坚持突破自己的观点，你就会得到很多能量，最终取得成功。"刘浪说道。

"谢谢你的分享，"成江河说，"未来的路还得靠我自己走，我不再想像以前一样胆小！"

两人真诚的交流，让成江河和刘浪更加亲密无间了，他们你中有我，我中有你，爱情的火苗逐渐燃烧，在夜空中产生了五彩斑斓的光影。

这次刘浪的到来，让两人的情感逐渐升温，他们共同迎接着各种美好与挑战，心灵相通。有一天，他看着天空中的一轮皓月，说："今晚月色很美。"

"尽管我们的经历及家庭背景不一样，但是我们都在努力地向前探索世界。"刘浪用坚定的口吻说。

第八章　回忆之旅——觉醒的渴望

1

成江河带刘浪认识了青胜蓝和成金顺，待了几天，刘浪发现青胜蓝是一个活在过去的人，说起过去时总是如数家珍。

刘浪向青胜蓝询问成金顺的工作时，引来了青胜蓝对成金顺一顿咬牙切齿的谩骂。青胜蓝和她讲述完过往的事情后，愤愤地说道："我恨不得一刀将他宰了！多大一个家业被他败光了。"青胜蓝说这话时，眼神中流露出恨意，那时她好不容易脱离了苦日子，家里成立了公司，本来想享几天福，但没预料到最终又陷入了更大的贫困，她内心无比焦虑与痛苦。在面对上门追债的人时，成金顺只会躲得老远老远，他现在靠沉醉于麻将来麻痹自己。

成江河随即转移了话题，说起了成家楼。此时青胜蓝又诉说起了在成家楼的日子，她如何跟着成金顺住驴棚，如何照顾成江河的奶奶，不知不觉说到刘浪和成江河要结婚时，转而对刘浪说道："好男不吃分家饭，好女不穿嫁时衣。当初，我和成金顺就是什么也没有就结的婚，这是成家的家风。你和成江河靠自己吧。"

刘浪听后，笑了笑，感觉第一次见面说这显然不合适。成江河听到后立刻制止了青胜蓝继续往下说。他本来就没有指望父母，因为他知道靠也靠不上，这种感受像是大雨来临前的沉闷。

继而青胜蓝又说起成家楼那些往事，成江河听得有些不耐烦了，便道："陈芝麻烂谷子的事情，还说它干什么？！"青胜蓝一听，眼神中闪过一丝不悦，坚决地说道："我养了你，现在就得上好思想课，别到时候娶了媳妇忘了娘。"

成江河听着青胜蓝的唠唠叨叨，仿佛感觉到世界一片冰冷，父亲没担当，母亲虽有担当，但没能力，心有余力不足。青胜蓝陷入深深的自责中，怪自己没有好好读书，没有好的经济条件。

这时成浪河外出买菜回来，一大家子做起了中午饭。因为中午成江洋过来吃饭，所以多炒了几个菜。饭后，刘浪陪青胜蓝去了超市，只剩下成江河、成浪河和成江洋三兄弟在家。

兄弟三个聊起了生活。这时的成江洋，觉得自己就像大海里的一叶孤舟，在等待命运之神的打捞。他打算从城市回到成家楼，在成家楼生活他的压力会小很多。

成江河仿佛看见父亲成金顺见到麻将就像蚊子见了血，急呼呼的，那种着急想赢钱的神情，让他不由得悲哀起来。

"一个偌大的家业瞬间化为雾影，是与赌徒的心态分不开的。"

成江洋听了后说道："别说过去了，他们现在是破罐子破摔了，他们也没有什么能力了，他们混了些什么，他们也搞不清了！你们靠自己本事考上了大学，有了自己的出路，而我是叫天天不应，叫地地不灵。"

当刘浪从成江河家回去后，青胜蓝让成江河回老家去给爷爷、奶奶上坟，告诉他们他有女朋友了。青胜蓝说："你有了对象家里就人丁兴旺了。"

成浪河打算驾驶着成金顺的车回成家楼，青胜蓝说道："这个车可是见证了我们一家人的起伏，你父亲几万块买的汽车，现在最多能卖到两千块，你爸当时在走投无路时将车开到了二手市场，准备卖点钱维持生活。但当他听到这辆车只能开到两千元的价格时，他将车门一摔生气地一溜烟将车开走了……"

一大早，当成浪河和成江河准备将车开往成家楼时，车怎么都打不着火了，半天也没搞懂坏在哪里。父子三人在清晨的凉风中推起了车，当推出了几百米后，成金顺说自己去找修理厂的人过来修修，成浪河看着成金顺的背影，发出了一声感叹：一辈子混了个什么？！除了一堆债务外，就是这么辆破车！

车辆好不容易修好后，他们在上午十点多出发了。一路上，兄弟二人除对这辆车一顿地牢骚外，他们也对未来进行了思考。在成浪河不说话沉默时，成江河感觉好像未来被笼罩在一片愁云惨雾里……

坐在车中的成江河看着路两边耸立的杨树，想起了以往周末从镇中学回成家楼时，成浪河滔滔不绝地给他和成江湖讲各种从外面学来的新鲜知识的情景。说到勇士时，成浪河说道："真的猛士，敢于直面惨淡的人生，敢于正视淋漓的鲜血。"多年之后，成浪河自己进入了生活的怪圈，从求学来说，偏科，数学成绩不好，总给他带来高考失利，这样的失利一直持续了四年。他不服，总感觉自己能够考上好的大学，于是在拿到录取通知书后，又像勇士一样投入高考的复习之中，最终用六年的时间考取了一个高职专科，和第一次高考一样。在现实面前，在母亲青胜蓝的唠叨下，他拖着疲惫的身子，满是遗憾地去了高职院校。在他进入高职院校后仍不懈努力，他进行了自考学习，经过一番寒彻骨后，终于迎来了梅花的扑鼻香……

两年的高职院校学习加上一年的实习，浪河结束了自己的大学时光。他毕业后第一年先在建筑工地上像父辈们一样摸爬滚打，在艰苦的劳作中体会着生活的艰辛及金钱的来之不易。在一年的工作中他得出一个结论：这种就像驴子拉磨一样的生活必将他拖入谷底，这样劳作下去只会打上贫穷的烙印！于是，他在休息期间疯狂地啃食着改变命运的书籍，因为他深知他可以过上更好的生活。终于在无数昼夜之后，他考上了重点大学的研究生。

当考上研究生后，成浪河发出了"天若有情天亦老，人间正道是沧桑"的感叹。成浪河考上研究生的消息不胫而走，青胜蓝的心仿佛开出了美丽的花："这孩子打小就跟别人不一样，不管干什么事情都会琢磨，也难怪他能考上研究生！"青胜蓝从忧郁的心情里渐渐走了出来，青年时嫁给成金顺住驴棚，来到城镇本想享点福结果背了一身债，这身债务使她整日惴惴不安。她本可以通过读书改变命运，而自己的母亲重男轻女没让她上学，搞得她成了被生活摆布的样子。成浪河在工作考研的那段时光，已经认识到了生活的残忍，他不再是那个幻想凭运气考上大学的人。他也不再指望任何人能够帮助他。他在读研究生期间不仅徜徉在知识的海洋里，而且跟外界一直保持着联系。他不仅去附近的工地帮忙做一些建筑资料的整理工作，还去给初中孩子补习。

在上研究生的那段时间里，他生命中一个重要的人出现了，这个人非常欣赏他的书法，她看着那些"飘若浮云，矫若惊龙"的字如同看到了一个个美妙的音符灵动地跳跃了起来。

她说："人如其字，字如其人，你人是这样的吗？"成浪河看着眼前的王珍爱，笑了笑，说道："中国语言文化博大精深，字能够跟人相结合吗？"

王珍爱说打小家里就给她请指导老师教练字，经过多年练习虽有进步，但仍有所欠缺，看到他的字后仿佛在星空中发现了明月。成浪河的字有一种意境：以道运技，笔飞墨舞，溶解万象，主客交融，以心灵合造化，以手运心，因心造境，传神写意。

她很有自己的体会，成浪河难以想象她竟如此着迷书法，且能说出这么一番形而上的意义！

他和王珍爱说："小时候去舅舅家，看大舅逢年过节给人写对联的情形，大舅青胜德虽然面朝黄土背朝天，但他那行云流水的毛笔字堪称一绝。"按照成浪河的说法，他现在的字还不如大舅字的一半水平高。他从小耳濡目染，所以上学时他就琢磨怎么将字写好。学校有书法比赛，没事他就写写字参与一下。

王珍爱听了他的话，感觉有些不可思议，没有人指点就能够写出这么漂亮的字来，也是天赋异禀了。王珍爱现在已经是书法协会的会员了，她将书法当成了生命的一部分，她的业余活动除了练习书法就是练习书法，她将毛笔换了又换，慢慢形成了一种独特的书写风格。

她的书稿摞起来已经成山了，她还是没完没了地写着自己引以为豪的字，她乐此不疲地保持着这种书写的习惯。

"其实，书写的不是字，是一种心境。"成浪河对王珍爱说道："写字要留心于细微处，而不是一味地模仿，你将你写的字连接起来，寻找它们每一丝的不同，当你全神贯注于字里行间时，你就会有所收获。"

王珍爱在看到成浪河神采飞扬的字时，找到了一种"他乡遇故知"的喜悦感，她对成浪河说道："唯有热爱可抵漫长岁月！"

成浪河为了积攒求学的学费及生活费，顾不上这些形而上的问题，他的身影除了出现在课堂上，还出现在建筑工地上，以至于在上研究生的三年时间里，他不仅学到了知识，而且将压在头上的生活重担也给解决了。同时，在成金顺被债主追得走投无路时，他还将自己打工赚来的几万块钱给成金顺还了债。而那时，青胜蓝快速地衰老，她整天看着一无是处的成金顺，口中唠叨着真是瞎了眼找了他，这让成金顺在家里坐不住三分钟。

直到成浪河有一天说要将王珍爱带到家中时，青胜蓝才有了一番活力，她奔走相告，告知了成金杰、陈家美、成金军、程金珍、成江洋等，总之能告知的都告知了。成浪河与王珍爱来到家中后，看到家里像赶集一样，里里外外塞满了人，一个个满脸笑容地跟王珍爱打招呼，王珍爱生平第一次来同学家有这么大的阵势，虽然她对成浪河有着无限的好感，但并没有走到要定亲的地步。

一阵寒暄之后，王珍爱质问成浪河："你们家这是要做什么？"成浪河听后笑道："这是要搞终身大事的阵势。"

"有这样的吗？我连你们家人都不认识，七大姑八大姨就都来了……"王珍爱说。

"家里人就这样。"

青胜蓝说到兴奋处，还对王珍爱说了"现在很多女孩自己条件不行还对男方要求高"的话。王珍爱坐在饭桌上一声不吭，一桌上的美食难以下咽。饭后王珍爱夺门而出，成浪河紧跟身后追了出来。起初，成浪河本以为王珍爱要出来散心，没想到竟奔向公共汽车站去了。追到王珍爱后，成浪河苦口婆心地说："老人家没有文化，你别和她一般见识。"王珍爱反问道："没有文化？这是人品问题！把我说成什么了？"

成浪河将过往的家庭经历的事情向王珍爱原原本本地说了一遍，直到王珍爱说道："你们楼上、楼下，七大姑八大姨都知道了我们的事，我如果这样跟你分了，你以后还怎么过？！"

"人活一张脸，树活一张皮。"于是，王珍爱松了一口气不再跟青胜蓝计较。回到家时，青胜蓝已经做好了饭菜，等着他们吃饭。成金顺却还在外面进行着麻将事业！青胜蓝见他们回来了，连续打了几个电话让成金顺回来吃饭，而成金顺一概置之不理。几年以后，王珍爱与成浪河结了婚并顺利地生下了一对龙凤胎。

2

当成江河沉浸在回忆里时，电话铃响了。是青胜蓝打来的，再次嘱咐一定要和成浪河一起去给爷爷奶奶上坟。

成江河挂断电话，继续开着老爷车，晃晃悠悠地行驶在回老家的路上。

此时成江河又思考起了为啥别人能够在大城市立足，自己却这么艰难？自己为何对成功如此渴望？难道是家族的使命？

当他和成浪河来到爷爷奶奶的坟头，祭拜完后，他长吁了一口气。看着西岭下有着美好回忆的村庄，感觉自己万事蹉跎。他和成浪河说了自己的想法后，成浪河笑了笑，说道："大部分人不都是平凡的吗？"

"为什么别人也是从农村出来的，到了大城市却能够成功？"

"天时地利人和才能成功，成功的人是少数。"

成江河听完后内心还是一片茫然，他沉浸在自己的情绪里，感到无比的窒息。

"你就是一个不知足的人，你现在的高度是很多人永远也达不到的，你已经开辟了一片新天地。在这个庄里的海海现在已经成了三个孩子的爹，估计他一辈子都离不开这个贫瘠的村庄了。"成浪河看着广阔无垠的土地发出了一声感叹。他深知只有靠自己才能够走出新的天地来，人的成长就是认知深度的提升，思想不开阔，路子就走不出来。

记得三年前，成江河和成浪河来给爷爷奶奶上坟时，成浪河眼里流出了晶莹的泪水。那时，他感到家庭像个无底洞，未来看不到希望。

成江河问道："怎么了？"

成浪河道："想起我们小时候，我禁不住有些感慨。"

他将自己的想法深埋起来，因为成浪河是大哥，他知道自己要有个大哥的样子，生活不相信眼泪，也不想让弟弟知道他流泪的原因。自从那次回去后，成浪河凭借"破釜沉舟"的志气，在知识的草原中开辟了一条康庄大道。当他成功考取研究生后，他有了无限的自信，觉得自己有开拓未来的能力及无限的潜力。

　　他们从西岭的坟头走了下来，汽车在充满泥泞的土路上行驶着，沿着成浪河小时候去镇中学的路，不到几分钟就到了二姑成金美家。二姑成金美将一辈子的青春都定格在这片厚实的土地上了。自从结婚后，她生了两个闺女，悉心照顾年迈的婆婆，和老公倪峥嵘也没有过吵吵闹闹，岁月静好了一辈子。当成江河和成浪河从车上拿出给二姑的礼品时，二姑说道："太多了，太多了，怎么拿这么多？！"

　　他们简单寒暄了几句，"家里都挺好吧？""是的，挺好。"看着二姑家的砖瓦房，过着清闲的日子，感觉这就是世外桃源的生活，关键是不用操心，两个女儿也争气去了城里定居了。二姑没有什么雄心壮志，有的只是细水长流的生活，既不和别人攀比，也不欺负邻里，没有什么事情能够影响她的心情。成江河说道："二姑有福，孩子有出息，可将来您养老怎么办？"

　　"现在走得动，不管那么多，城里反正挺近，两个小时就到了。"她对生活没有过多追求让她过得挺惬意。

　　成江河想到自己的两个姐姐，没有太大的抱负，不也过得不错吗？而自己为什么总是胡思乱想呢？为何不能将匆忙的日子过得有条不紊呢？

　　他和成浪河看着二姑家养的金鱼和满院子的菜蔬，还有一棵大石榴树，感觉这样的生活也挺好。

　　二姑父是全村有名的人，他在乡镇企业干过厂长，来到村里后还当过支部书记。他将村里的房子修葺得焕然一新，拓宽了乡村的致富之路，给每一户都带来了幸福。然而，在一个冬季的下午，他侄子将他堵在了猪圈，侄子不仅用拳头打了他，还质问他："为什么老占着这个位置？未来是年轻人的天下，一个干巴老头，还凑什么热闹？你是两个闺女，你侄子就是你的儿子，你让位给我，将来我还能忘了你？还不是我给你养老送终？！"虽然二姑父咽不下这口气，但是最终还是让位给了他侄子。

二姑父将家里收拾得像是世外桃源，没事观观鱼，赏赏花，和二姑喝一点小酒，他的口头禅就是"牢骚太盛防肠断，风物长宜放眼量"。他们俨然适应了这样的平静生活。当成江河向二姑父说起自己的想法时，二姑父说道："人哪有可比性，人比人得死，货比货得扔。现在你们年轻人的成长环境不一样，家庭背景不一样，怎么比？要比，你跟过去的自己比。"

上初中的成浪河就悟到了这个道理，那时大人在一起就经常发出"人比人得死，货比货得扔"的感慨。

他们说到了他们小时候的玩伴海海、海龙两兄弟，自从娶了媳妇后，两家子打得不可开交。成江河禁不住长叹了一声，道："生活怎么会让人这样？本是亲兄弟啊。"成浪河说道："娶了媳妇忘了娘，成了家，亲兄弟明算账，这都是古语。兄弟膀子齐是兄弟，膀子不齐，那还是什么兄弟？"

成江河听后沉默了一会儿，想到父辈们一大家子都到了城市干建筑，团结一心，便道："我们家里父辈们不是都在一块儿吗？也没有像他们那样。"

二姑父笑了笑，道："赚到钱了皆大欢喜，但赚不到钱，且兄弟们都欠了一屁股的债务，还不是反目成仇，越是亲人越踩你更厉害！"成江河再次沉默……

过了一会儿，成浪河说要到村里转转，他带着一番复杂的情感，走进了成家楼的村庄，他想起了成江洋对他说，城里已经容不下成江洋了，与其在城里被人说成混子，还不如回到成家楼去种点菜，养点鱼之类的，自己过自己惬意的日子。

第九章　回忆之旅——痛的感受

1

当成江河走进成江洋的老房子，他看到了满园的月季花，花朵在沉寂的空气中散发着一种疯狂生长的韧劲。

此时，正遇到海海带来了一群男人，说按照成江洋的想法要将这个家拾掇一番。他们将房子的里里外外打扫了一遍，扫去了地板上厚厚的尘土、角落的蜘蛛，铲除了院内疯长的狗尾巴草，并将门窗修葺了一番，将床具擦拭一新。收拾完毕后，原来沉寂的空气顿时多了一些清新的味道……

在这个房子里他和海海及其他小伙伴们一起度过了欢乐的时光。小时候从东河边回来，津津有味地吃起狗肉来的情景历历在目，这些往事让他的神思又回到了过往。

他想到了过往驴棚处的新房里到处都是人，大娘、三婶、东家邻居、西家朋友串门拉呱，以及他与成浪河和一群小朋友玩耍的场景。每次成金顺从城里回来都有汽车相送且屋子里挤满了来凑热闹的人群，看着送成金顺回来的汽车，心里好生嫉妒。

　　这时，青胜蓝就会生起炉火，在一片热闹声中炒上几个热乎乎的菜，在房间里支上四脚桌，倒上一壶老酒，家里人聊得不亦乐乎。

　　而成江河、浪河、德州、海海、海亮、马老二等小孩就在外面琢磨轿车，成浪河说车上的标志，掰下来能卖五十块钱，小伙伴们说："那能买多少雪糕啊！"接着，成浪河和小伙伴们讲起了各种车，小朋友听得不亦乐乎。

　　这就是成江河小时候的一些记忆了。那时的成江河在等成金顺回来时，总是站在村头看有没有车的到来，一看到村里有车来了，他内心里一股优越感油然而生。因为整个村庄能够来汽车的就他们一家，这也引来一大群小朋友对成江河的羡慕，海海说："你们家富，我们家穷。"

　　一个孩子竟能说出这样的话，是多么不可思议，幼小的心灵已经套上了精神的镣铐与枷锁。不管这个人将来多么努力，他心中的底色也许都是灰暗的，需要用无尽的努力去改变，甚至要用一辈子治愈儿时的自卑。

　　这种深入骨髓的贫穷让海海像拉磨的毛驴一样，一圈一圈地转着，他现在已经万事蹉跎了。因此他想让孩子像成江河一样通过学习改变命运。

　　年少的伙伴，随着时间的推移，已经失去了往日的童真。海海在成家楼盖屋，在城里打工的马老二和海亮为了能够多搞点钱，拿着自制的土管猎枪，在凌晨抢劫出租车，结果锒铛入狱了。

　　海海、海龙在成家后失去了以往的感情。在生活的困顿中，他们间的恩怨逐渐升级，兄弟俩竟成了抡起锄头干架毫不顾及亲情的陌路人。

成江河想到这里，发出一声长叹。

2

成江河在成家楼住了几日。那几日他的内心十分平静，他不再那么郁郁寡欢，沉重的生活压力仿佛被过往的回忆慢慢冲淡，像阳光慢慢冲散乌云，他渐渐容光焕发起来。仿佛过往的记忆深处藏着美好的诗与远方，他怀着无比兴奋的心情去了小时候玩过的各个角落，发现印象中的大土坡和长远的路，现在变得如此小，如此短……

看到村里的小孩，感叹这样封闭的小村庄出来的孩子将来还能像他一样幸运去大城市，且能够留下来吗？他渐渐对这个充满欢乐的村庄，有了一份同情。

每当夜晚时，他仰望着星空，想着这一路的成长历程，仿佛冥冥之中有一种无形的力量在牵引着他。

这夜，成江河找来了海海，他们兄弟两个用一瓶老酒忆起了过往。"江河，你是见了大世面了，哪像我一辈子在这里，唉！"他深深地叹了口气后又道，"我还有三个孩子。"

而当成江河见了世面后，发现他在与地位明显高于他的人交往时，无形之中也会产生一种与海海一样的自卑感，这种强烈的感觉时常耗费着他的心神。

海海说自己一点也不留恋这个村庄，这个村庄里装的都是他苦涩的回忆，他没有办法像成江河一样通过知识改变命运，日常的柴米油盐酱醋茶已将自己的能量消耗殆尽了，他甚至感到异常的孤独和不安，他现在就指望他的三个孩子了，他们就是开启他未来生命的钥匙。

成江河看着喝醉了酒对命运发出无限感慨的海海，禁不住感叹："虽然自己走了出了村庄，但是内心的孤僻及自卑感，难道和海海不一样吗？"

他看到往日的伙伴被命运打磨得如此狼狈，内心很不安。海海趁着酒劲又抱怨起了自己倒霉的命运，他对未来的憧憬一点点被破坏。说完，海海呜呜地大哭了起来，哭声在这个明月悬空的夜晚让人内心产生一种无尽的悲凉……

成江河和海海聊到了深夜，成江河感觉海海与时代的发展格格不入，他陷入了童年的回忆中不能自拔，在小小的犄角旮旯中抒发着恨意与希望，而家里拼命挣扎的几个求学的孩子，成了海海的精神寄托，不知他们未来是否能够出类拔萃。

此时，成江河虽然已经大学毕业在四线城市的中心生活，但他的精神好像不能跟上城市生活的节奏，他看到海海酒后的号啕大哭，十分同情。他多想对海海说城市正在发生日新月异的变化，在这个小山沟成长起来的孩子，即使到了城市也会像驴一样打转。大城市人才济济，小地方的人到了大城市以后会觉得自己十分渺小。成家楼这个小山村，将来会被时代的发展洪流所淹没，估计未来这里会是一片庄稼地。

"你对孩子的所有期望也许会成为孩子成长的动力，但是当孩子到了城市后自己都是泥菩萨过河，若出现了无力报答你的那种情况，你会不会大失所望？"

海海痛苦地说："我在这里也能盖点屋，赚点钱来养活自己。"此时海海低下了被生活打压的头颅。

海海也是个苦命的人，在他小时候父亲便因肝癌去世，叔叔还算重情义，收留了他和弟弟海龙。后来叔叔又有了两个女儿。虽然一家人在一起穷得叮当响，但还是在努力地生活，叔叔经常与海海母亲激烈地争吵，海海母亲曾说"嫁给你哥，你哥留下两个孩子，现在嫁给你穷得叮当响，又生下两个讨命的鬼，一大家子人都指望你，你却赚不来一分钱，你像个男人吗？"随后两人吵得歇斯底里，最后，海海的叔叔放出了狠话："我赚不来钱，我无能！我人活着无用，还不如去死了！"

海海母亲听了他这话，说道："死就死，别整天叨叨，要是死了，我该嫁个好人家嫁个好人家。"

经过一番激烈的争吵后，海海叔叔一冲动打开一瓶敌敌畏喝了起来……

成江河趁着夜色将口袋中的五千元拿出来，递给了海海，海海看着这钱又禁不住泪眼婆娑了起来。"你是重情义的人，好人有好命！"

海海摆脱不了穷困的命运，但他在泪眼婆娑之余，不忘自己是个顶天立地的汉子，周边村庄要翻新盖屋之类的他都帮忙，他还是那个少年时跟成江河一起在村里打架的少年。

他们聊到了半夜，夜里蝈蝈的叫声、蟋蟀的叫声、蚊子的哼哼声不绝于耳，仿佛空气中夹杂着一些儿时的味道。

海海已经多年没有与人敞开心扉地畅谈了，此时，遇到曾经玩得最好的伙伴成江河，禁不住打开了话匣子。

海海说，是命运在跟他算总账，年少时他父亲去世，母亲改嫁叔叔，结果叔叔支撑不起这个沉重的家，一气之下喝药自尽了。体弱的母亲只能再次改嫁，他们兄弟两人及两个妹妹只能自己养活自己。

送走海海后，成江河陷入了失眠的状态，对他来说，这个村庄给予了他快乐的童年，而对于海海来说，这个村庄给予了他太多的生命的沉重。

他回来寻找失去的快乐的根，而海海却想让下一代努力达到成江河的高度。

成江河抽着烟，内心禁不住泛起一阵悲凉。他为海海不能突破现有的生活困境而心生怜悯；同时他也在怜悯着自己，因为每当他在城中遇到不如意或想出人头地的路径受阻时，他就会无比自责，陷入精神怪圈中。

而每当失意时与青胜蓝交流过后，他心中都会升腾起一股无法言语的忧愁与苦闷。青胜蓝总说："好好干你的工作，别让人给赶下来了。""你一辈子别想这想那了，能在那儿安安稳稳地熬到退休，就是祖上烧高香了。"

虽然努力想达到像四叔成金华一样的高度，但他已经精疲力竭了。

那晚他的思绪不能舒展，他迎着夜色，在街道上踽踽而行，马路两侧一排排的冬青和夜空熠熠生辉的明月映入眼帘。他感到冬青寄托了他的情感，他那支离破碎的梦与现实交叉在一起，他写出了一首诗歌《冬青》：

城市中有一排排的冬青

他们看到

灯光的斑驳陆离

街道的车水马龙

他们知道

春有百花，秋有金果

夏有烈日，冬有暖阳

他们看不到

北疆的白雪，南国的海浪

白雪的妖娆，海浪的含笑

他们不知道

北方山多高，南方水多深

西方多遥远，东方多平缓

就这样

在年轮中吐故纳新

汇成绿色点缀着城市

就这样

在有限的视野中

一年一年成长

这就是冬青

一排排的冬青

在路旁在分车带中

那夜他与海海交流过后又陷入沉思，他和海海一样精神困顿。

第二天，成江河又在村里转悠了起来。

成江河看到驴棚新建的房屋，这是成金顺给成江河、成浪河兄弟两个打下的江山，按照母亲青胜蓝的话："上一辈没有给我们留下一点家产，我得给孩子留下两处宅子，将来就不会像我们一样艰难！"

屋子已经更换了主人，成江河看着房屋的墙，想起了他和浪河经常坐在墙头上玩耍的场景，当钥匙落在家里时，他们就爬墙回到家里。他还想起许多和奶奶有关的场景。

他想，如果奶奶能够活到现在，该有多大的福气！他仿佛又看到奶奶的神采，一群孩子围在她身边，各个儿媳妇都给她买来新衣服。那种温馨欢乐的场面，让成江河禁不住鼻子一酸，热泪盈眶。

他在成家楼待了几天，他怀念的是成家楼吗？不应该是，他想念的是当初的童真。他对成家楼的美好的感觉好像都在记忆里。他看到扛着锄头去地里干活的一群面容黝黑的青年人，又看见一群依偎在墙根底下晒太阳的老人，还看到一群坐在巷口闲聊的女人。

第十章 回忆之旅——被迫的选择

1

成江河在成家楼仿佛获得了一些力量。一周的假期匆匆而过，他与家人告别后，回到了矿业集团，又恢复了战斗的身姿。

几个月后，就在刘浪从外地赶来看他的一个下午，单位将所有人聚集在一个偌大的会议室，经过投票，成江河未被提拔为领导。一股强大的失意像一场大雨打伤了他这棵雨中芭蕉。会后他起身跟着人群，匆匆忙忙离开了会议室。

成江河情绪低落地来到一个茶室，刘浪见他来到后，便倒起了茶。

看着成江河有些深沉的脸，刘浪劝道："任何不如意的事都可能会让人产生绝望的情绪，但不管是好事还是坏事都会改变人的心智。我在一线城市也是异乡漂泊的游子，好多东西你说出来会舒服一些，我愿意给你一些帮助。"成江河此时只想寻找一种力量来化解心中的千千结，他说道："难道我在单位中找不到自己的位置？！"刘浪怔了一下，经过一番长谈后，才知道成江河又在为个人得失而郁郁寡欢。刘浪给成江河指了一条明路：辞去工作，跟着她去大城市，只有眼界及格局大了才能打开内心世界。

成江河内心里否定他能去大城市发展，他这两把刷子要去了大城市怎么生活？他又出现了一种情绪上的焦虑，极大的无助困扰着他，让他不知该如何抉择。

刘浪此时下了最后通牒，大城市的快节奏不能让她再顾及自己的儿女情长，已经等待了四年，若再等下去黄花菜都凉了，于是，她告知成江河："你来，我们就成；你不来，我们就散！"

成江河收到了最后通牒，不得不做出选择，而那时，他仿佛对工作及生活失去了热情，上班就是为了谋取生活的口粮。他上班坐在办公室里有一种无聊透顶的感觉，他用目光审视其他忙碌的人，内心里有些鄙视地认为这些人也是为了生活的口粮而在应对着一拨又一拨的人；同时一件又一件的琐事打磨着他对生活的热情。

"知识改变命运，难道这就是知识改变命运？"知识让他有了一份养家糊口的工作，但有了这份工作，自己内心却好像越来越无助了起来。他这样感慨时，眼前突然出现了海海拿着锄头在地头的画面。海海笑着骂道："你真是饱汉子不知饿汉子饥，你知道我们在泥土中摸爬滚打有多难吗？"他禁不住浑身哆嗦了一下……

此时，他只看到城里人的身影，完全看不到还在山底下为了生活而挣扎的人，他眼前闪现的只有那些朋友，比如华子鹏，怪不得华子鹏的跑步不间断，因为它能够治愈各种不爽。当华子鹏约他去跑步时，他感觉到太累，一股抵触的情绪涌上心来，道："你要跑二十公里建议你安上个翅子！"

"为啥？"

"那叫大鹏展翅！"

……

"海海与我有啥不同？如果有什么不同，只是心理上的不同吧？"他喃喃地道，"不，应该是相同，两个人有共同的忧郁的情绪笼罩着。"

成江河为了让心灵透口气，周末约了一帮朋友去吃喝，去聊天，说着一些能缓解疲惫的话。

他还经常去他和刘浪喝茶的那个茶室，他在那里说着一些含含糊糊的话。说得自己也糊里糊涂的。而在茶室品茗会上的人听了他吹牛的话也是迷迷糊糊，但是出于表面上的尊重没有当面去刺破他无处安放的自尊。茶室的主人也不清楚他讲的话，只是为了留住客人，拼命地说了很多自己对事情的认知。

2

就在成江河犹豫徘徊之时，迎来了矿业集团的改革。当成江河被告知单位要改制、人员要分流时，他的神经好像瞬间被电击了一下，那在艰难中求生存的情绪又涌上心头。每个人都在艰难地往前走，每当自己的平台像玻璃一样马上就要破裂的时候，他神经异常紧张，心里异常忐忑，成江河确定他那种感受是别人理解不了的。

在刘浪的追击下，他将自己关在屋子里待了一周，考虑人生的去向问题，自己已经带刘浪见了七大姑八大姨，也见了双方的父母，万事俱备只欠"去大城市"的东风了，关键是他骨子里被青胜蓝的那种养儿防老，父母在不远游的想法控制着，并在困惑中与之纠缠着……

身体如同灌了一股郁闷的水，他不能违背母亲的意愿，而与刘浪的感情也放不下，有一股冥冥之中的神秘力量在左右着他。他审视了自己不敢面对大城市竞争的内心，也审视了自己对刘浪的情感，最终在一个辗转难眠的深夜，他做出了抉择。这样活着像在地狱里挣扎，真是难受至极，他决定辞职，去大城市闯荡。

当他将辞职书递到人事处时，迎接他报到的侯处长，找他谈了一次话："这次提拔是综合考虑的，下次你有机会。"而成江河坚定了自己的想法，并说出了自己的想法，是为了女友而去大城市。当江局长得知后，又跟他说了一番话："你好好干，马上提拔你，你去了大城市，一个男人没有两把刷子怎么立足？不能立足，你的姻缘就是打了一场水漂！"

成江河递了辞职书的那段时间，单位里的同事特别是女同事议论纷纷：成江河脑子烧坏了，好好的工作不干了，为了一个八竿子打不着的姑娘而去大城市……

就在成江河对母亲青胜蓝说了自己飞往大城市的想法后，青胜蓝感觉成江河将自己好不容易得来的铁饭碗给砸坏了，内心感觉一番阵痛后，得了脑血栓，住进了医院。在医院里经过与成金顺吵架，青胜蓝才顿悟过来，养儿防老是不可能了，孩子大了不由爹娘，天要下雨娘要嫁人随他去吧。

　　自从得了脑血栓后，她说话总是颠三倒四。她没有了以往的自怨自艾，表现出了与以往相反的精神状态，见谁都说自己两个孩子多么多么优秀，说因为两个孩子优秀才有了如此广阔的发展天地。

第十一章　回忆之旅——拼搏

1

成江河以一个崭新的自由人的身份来到大城市，面对茫茫前路他居然没有了那种恐惧感。他开始了自己的求职之路。

这天在车水马龙的城市十字路口，一个叫秋雅的房产销售递给他一张名片，并滔滔不绝地告诉他拥有一套房的必要性。

成江河看着她笑道："我现在连工作都没有，何谈房子，拿什么买？"秋雅知道了成江河没有工作的情况后，将成江河带到了她的房产销售门店。里面有几台电脑，穿着统一服装的人在接连不断地打着电话。在成江河了解一番后，秋雅说大家一起发家致富，只要有房源，能够卖出去就有佣金，别看这工作没有固定的收入，但最大的欢乐就是在不确定性中寻找确定性。成江河摸了一把疲惫的脸，默不作声地站了起来，心想，这与我之前的办公环境完全是天壤之别。看到成江河沉默不语，秋雅说道："既然你来了，也听了这些话，说明你潜意识里还是想找个机会的，人不就是在困顿中寻求成长的机会吗？你可以考虑考虑。"成江河在沉默中笑了笑……

　　成江河每天行走于求职的路上，即便在餐厅里休息时也在查询着招聘信息。他在一次次寻求机会中努力撑起自己的精气神。然而，他所有的面试都石沉大海。此时，青胜蓝打来电话，问他情况，他只能报喜不报忧。青胜蓝叹了一口气道："好不容易有一份稳定的工作，却傻乎乎地辞去了，还离我们十万八千里，白养你这个儿子了。"

　　成江河辞去了工作，让青胜蓝怨恨不已，按照青胜蓝的话，工作就是人的第二次投胎，第一次投胎到这个破落的家，引来了一群人的嘲讽，迫不得已在驴棚中度过了三岁前的生活。原本通过成金顺的奋斗成立了公司，但最终却债台高筑。成江河使出九牛二虎之力好不容易迎来了第二次投胎，却用自己的双手结束了自己的工作生涯。现在成江河奔向他的第三次投胎——婚姻，而他却成了孤魂野鬼，像秋风一样在城市中扫荡。

　　一个周末的清晨，秋雅再次打来电话，问他考虑得怎么样了。成江河喝了一口冰镇啤酒后，发出了一声长叹。现实很难让他有一份心满意足的工作，于是，他胡乱吞了几口饭，背起包，开始了房地产销售的工作。刚开始一个月，成江河像大海里的一叶孤舟，等待着买房的人来打捞。一个月的冷冷清清，渐渐让他明白了销售的路径。他时常得到刘浪的鼓励："年轻时受点累受点苦还是能够承受的，不要怕，人生没有什么可怕的，年轻时一无所有，付出的是辛勤和汗水，收获的却是美好的明天。"

　　就在成江河精神困顿时，他迎来了房地产销售的第一单业务。这天，一对年轻人在寻求着自己的爱巢，想用辛勤汗水换来的钱，买一个房子打造未来安居乐业的幸福窝。这对年轻人看了许多房子，下定决心买成江河推荐的房子，并交了订金。这是一根救命的稻草，滋润了成江河干涸的内心。这套房子的成交他能够获得六万元的奖金，他内心感到喜悦而充盈。

当天他回到与刘浪租住的家，告诉了刘浪自己的第一单生意。刘浪很是高兴，并说随着路子的拓宽，只要敢于坚持，敢于吃苦，越来越多的惊喜会在前方等着他。刘浪又说道："我想这个广阔的城市空间在未来会有你的价值体现！"此时，成江河体会到了艰难的跋涉后的欢喜，他知道唯有赚钱才能够体面地活着。

第一张单开花后，又接连爆了几单，于是成江河便请同事们去吃了顿大餐，并在 KTV 狂欢到凌晨。业务的疯涨，让他摆脱了长久的郁闷情绪，渐渐地他心中有了"人定胜天"的豪迈，也就是在这一年，他遇到了人生中最喜欢的一套房。当成江河从房主手中接过钥匙，打开房门时，明媚的阳光从玻璃照耀进来，他顿时感到一阵温暖，他觉得男人应该承担责任，应该给刘浪一个安稳的家。于是，他算了算自己近一年挣来的几十万块钱后，对刘浪说了这个想法。两人商量后付了一半的首付将这个房子买了下来。当多年后回头看，这个房子买的时间节点刚刚好，因为随着房地产市场的发展和货币贬值，房子的价格居高不下。

他在成家楼欢乐的童年，在矿业集团井下挖煤的日子，在厉兵秣马找寻生活出口的路上，在辞职后来到一线城市在黑暗中摸着石头过河将恐惧抛在脑后的日子，恍若大梦一场。他觉得过往完全是自己将自己弄得昏昏沉沉，人只有敢闯敢干才能有出路……

2

成江河显然是吃到了一线城市草原上的嫩草，在做房地产中介时挖到了人生的第一桶金，同时也将自己的小家整得浪漫温馨。有一天，他和刘浪迎来了爱情的结晶。当孩子来到这个家里后，成江河往日起早贪黑带着客户满城市地看房源，穿梭于城市的每一条街道，奔波于房管局的紧张而忙碌的身影不见了，他没有了当初的激情。成江河深知他已经有家庭了，家里人经常因为一些鸡毛蒜皮的事发生口角，老人埋怨成江河和刘浪只忙于自己的事情而将孩子抛给他们，且成江河的父母是耍了光棍不管不问。刘浪的父母因此经常埋怨。

成江河渐渐意识到，由于自己忙于赚钱，与孩子及家人的感情纽带好像被割裂了。每当拖着疲惫的身躯回到曾经温馨的家时顿感一股冰冷的空气袭来，不是这件事情的抱怨声就是那件事情的指责声，声声入耳。就连刘浪也抱怨道："你父母为啥不来看孩子，而将所有的责任都抛给了我父母？"

当成江河请求来大城市最多待一个月的父母亲再次来支援时，得来的却也是一顿抱怨："你当初那么狠，我们这里这么大的地盘你不待，非要跑到大城市去，我们去了不适应，那天气能热死人……"

当刘浪的父亲刘明问道："你父母什么时间来换班？"成江河只能沉默以对。后来，他决定抓住青春的尾巴，再一次冲击铁饭碗。成江河将这个想法告诉了刘浪，刘浪说相信他的才能，定能成功。

　　下定了决心，成江河买了备考资料，辞去了房产销售工作，在照看孩子与准备考试双轮驱动下，心灵得到再一次的洗礼。书山有路勤为径，学海无涯苦作舟。成江河整整复习了一年，又一次显示出了自己的能力，他考入了矿业研究院。当他将汗水化清泉的喜悦告知双方父母时，青胜蓝和成金顺再一次欢呼雀跃起来，儿子成江河的出息让他们再一次扬眉吐气，仿佛枯木逢春发出了嫩嫩的新芽。

　　在成江河去报到的那一天，秋雅发来了请成江河吃饭的信息。成江河去了秋雅定制的餐厅，看到一群人正在为秋雅庆祝，才知道秋雅已经成功嫁入豪门，即将奔赴新的城市开启新的人生，而此时成江河看着满脸红润对未来充满无尽美好向往的秋雅，产生了一种别离的伤感。当初他在人生的十字路口时，秋雅一句无心的话，让他有了稳定的生活。他将酒一饮而尽，并赞赏秋雅的好眼光，这让秋雅产生了无尽的自豪。酒后，他们去了海江夜游，又去电影院看了电影。

　　成江河正是因为与秋雅的相遇，而改变了人生的轨迹。秋雅淡淡一笑，说天下没有不散的筵席。

第十二章 回忆之旅——陷入困顿

1

四面八方的各种不同的人群融入人城市，各种观念碰撞在一起，像一首杂乱无章的交响曲。虽然大城市的工作节奏不同于四线城市，但在单位中工作了一段时间的成江河又体会到了那种四线城市工作的感觉。

一些和他在矿业集团时发生的相似的各种林林总总的事出现在眼前，此时已经有了一定经济基础的成江河开始深思：是不是这一切都是让人来修心的？他的心在一切现象中浮沉漂流着，完全没有那种气定神闲的状态。

有时和母亲青胜蓝交流起来，青胜蓝说到过好自己的小日子，管那么多干什么，有的吃，有的喝，最重要的是要知足，并以自己的生活经历强调道："工作是人的第二次投胎，干好工作，将小日子过好就好了。"

所以，那段时间，他多次穿过了长长的斑马线，在拥挤的人群中走过了红黄绿灯交替的十字路口，然后逛遍了城市的每一条繁华的街道，看遍了各种商铺。最终，他被一名销售人员"一铺旺三代"的理念打动了，他心底再次激起了浪花，就是自己穷一点也没什么，要让孩子过得好。于是他用自己省吃俭用积攒下的钱，带着生怕下手晚了商铺就让人买去的急迫心情，在销售处签下了购买商铺的合同。

他自己好不容易从困境中出来，将来一定要给孩子留下更多的口粮，以防出现像自己这样窘迫的状况。

2

工作再次稳定下来后，家庭成了生活的根据地。生活中，刘浪与成江河经常发生摩擦，从穿衣到家中物品的摆放，到处充斥着他俩截然不同的观念。自从两人有了孩子后，家里就没有过欢乐的气氛，每天就是相互埋怨，有时刘浪感觉找了成江河就是倒了八辈子的血霉。

从清晨的忧郁到深夜的忧愁，让成江河内心有一种撕裂的痛。加上工作中的屡屡碰壁，他的格局越来越小，仿佛他的灵魂都在走一条无法回头的孤单惆怅路。

当他去海江里游泳时，禁不住深深地呐喊一声，问苍茫大地，谁主沉浮？他的内心多么渴望成为雄鹰，但他好像成了居家的老母鸡，还不时咯咯咯地发着无尽的牢骚！他在海江中又找到了当初在成家楼小河中玩耍的快乐，这种快乐让他忘记了日常琐事的烦恼，忘了心中那些郁结之气。他又活回了一个孩子，仿佛又回到了成家楼东边的小溪里，那种欢乐像清澈的小溪流一样，让他心旌荡漾。

当孩子渐渐长大，没有了两家父母的帮忙，他们的日子渐渐安稳起来，不再有两个家庭的争吵，不再有那些无声的怨气。

刘浪提倡休闲与工作是家庭的两驾马车，同时刘浪对他很是包容，在生活中没有对他做过多要求，让他作为顶梁柱的压力明显地减少了，所以生活有了很高的自由度，不像父亲成金顺、大爷成金杰为了生活而连轴转，用几根骨头撑起一个家。

但是，成江河内心一直处于不安定之中。他活在现实之中，对现状是不满足的，因为他想成为"有一定高度的人"，但他没有达到这种高度的水平，这让他内心困顿。

按理说通过努力他已经车子、房子都有了，但为啥陷入了迷茫及忧郁之中呢？

为了摆脱贫穷而使出浑身解数的他，随着这些目标的实现当初奋发的生命活力好像慢慢地枯竭了。在物质极大丰富，内心极大不安定之时，他慢慢开始思考人生的意义。

思考万千后，成江河在现实生活中还是没有摆脱孤独、郁闷的情绪，这种情绪围绕了他很久。在生活、工作中经历的一件又一件的小事情，就像小石子搁在鞋子里硌得他难受至极……

"如果将自己沉浸于工作的空间和时间当中，那么形成的人格就是工作人格。但我的工作人格并不好。"他喃喃自语后发出一声喟然长叹。

这样的日子一直在打磨着他，他仿佛毛驴拉磨一样在情绪的磨上，拉了一圈又一圈。

为了排解这难以逾越的心理情绪，他投入书海去寻找心灵的甘泉，且工作之余就与茶友们探讨交流，并跟随他们去挖掘人生的意义。当他将品茗会收获的体会与刘浪进行交流后，发出了"怎样才能找到真实自己"的疑问。

"我也一直在寻找，也许真实的自己就是有生命力的自己吧。"

一天，他感觉到身体不舒服，强忍着剧痛去了医院，进行了一系列的检查，他得到了一个如晴天霹雳的音讯：癌！

这一消息让他心情瞬间跌入谷底，他的悲观情绪再次席卷而来。他越发地感到过往的奋斗变成了过眼云烟，变成了一个笑话。

他奋斗是为了什么？

他苦心经营的温馨的家庭，家中美丽的妻子，天真无邪的孩子，在检查出这个病症时，他就要撒手了。

他含着眼泪，带着一些无奈，带着一些悲痛，感觉好似要奔赴九泉之下。

刘浪怎么办？孩子没有父亲怎么办？是不是在未来的人生路上会受到精神上的煎熬，感觉到无限痛苦？

刘浪见他在房间中六神无主地踱步，嗅到了他不同于以往的味道，便问道："你怎么了？"

成江河没有理会刘浪，而是陷入了长久的沉默，任凭刘浪怎么说他，他也不理会。

他内心在经过一番痛苦挣扎之后进入了梦乡。他半夜醒来又拿起了病例报告，仔细地看了看。此时，他喜极而泣，原来他白天看错了诊断报告："注意多加防范胃溃疡，以防癌变"一句话，他只看到了"癌"字。由于他的漫不经心使他白白纠结了一天，这是何必呢？！于是，他带着大美的心情进入了梦乡，直到第二天女儿的吵闹将他叫醒。他迎着晨光，写下一首诗：

热爱生命

昨天一天仿佛做了个梦

在神游的梦中自己得了绝症

生命仅剩几个月了

突然

女儿的吵闹将自己从梦中唤醒

想到那个梦，仿佛是现实

自己泪水滂沱

不知为啥

大概生活中还有很多的爱与责任

应在最美的年华里绽放

依稀记得

梦中那个人没有恐惧

只有太多的挂念和遗憾

有极大的焦虑

孩子怎么办？

家人怎么办？

梦中感到生命不应是这样

生命应是很长

至少能到七八十岁

今天一天这事在心头缠绕

悟到一点

人应该热爱生命

要用充满善念的眼

看到天光云影

每一天都是生命最好的归宿

每一天都是生命最好的选择

热爱生命要让黑云变霞光

让黑云压城城欲摧的窘迫

变为甲光向日金鳞开的开阔

热爱生命就是要像一个披星戴月拉沙子往工地送的拖拉

机手

迎着西风烈，就着猪头肉

啃着山东煎饼

高歌一路前行

因为这种状态是热爱生命的节拍

因为热爱生命

一切都在当下

……

　　他将昨天的经历告诉了刘浪，并对刘浪说昨天他血管里流淌的是痛苦、恐惧的血，原本以为即将走入死亡，原来是虚惊一场，并且自己在这个世界上肩负的责任还没有完成，怎能就这么走了？！

　　刘浪听后说道："别整天那么多感慨，世界多了你一个不多少了你一个也不少，但家里少了你不行，不管怎样你要好好活，你上有老下有小，目光所及都是依靠你的人。快拾掇碗筷吃饭！"

　　成江河再也没有了那种怨气，仿佛世界有很多星辰大海等待他去发现，世界有很多的美好等着他去领悟，命运将带他去领略千山万水。

第十三章　回忆之旅——试图抓住安全感

1

一地鸡毛的工作让成江河感受不到生活的快乐。那时他的情绪好像被一种无名的力量把控着，他思维在游走着，好像有一种很强的鬼使神差的力量在消耗着他。这样的混沌日子像温水煮青蛙，让成江河在自我矛盾中生活着，慢慢地成了一种无奈。这时，国家放开了二孩政策，青胜蓝每天一个电话接一个电话催成江河抓紧再生一个孩子。青胜蓝说：总有一天孩子会长大，长大了就是力量！

在青胜蓝的唠叨下，又度过了一个春秋，第二个孩子来到了美丽的世界。成江河看到孩子的到来，内心里一片欢喜，不由得写下了一段饱含深情的话：

孩子，你的到来，给了家里无尽的欢乐，也给了父母心理上更大的支持。看到你姐姐给你讲故事和唱歌，爸爸妈妈心里很欣慰，也许最美好的时光，就是如此吧。人之所以能坚强和乐观，是因为前方有希望，在希望的终端有那份期盼的美好。你寄托着家人的希望，希望你能茁壮成长，阳光快乐。

孩子出生以后，依然是刘浪父母承担起了照顾孩子的重任，按照青胜蓝的话说他们没有那么多的精力跟随年轻一代生活。

2

孩子的到来，让成浪河不远千里来到海洲探望。看到自己的小侄子，成浪河内心里一片欢喜。兄弟两人喝了一壶浊酒后谈论起了过往。

成浪河向成江河诉说着自己的人生感悟。成江河听着他的话，想着自己经历的生活磨砺，不由得在深夜发出了感叹。他说冥冥之中早有注定，在我们兄弟两人需要依靠时，父亲却突然不行了，如果他行的话，可能我们的人生轨迹又是另一番样子。我们现在拥有的美好生活都是靠自己的努力得来的，或许正是因为家庭的没落才会让我们奋发而起。同时他又说道："知识改变命运！"当人掌握了知识，一切都会源源不断地从天而降，宿命论就会被知识的力量推翻，就像文龙与文凤一样。说起文龙与文凤，又让成江河想起了小时候，母亲青胜蓝告诫他们兄弟俩："我对你们唯一的要求就是考上大学！"并讲到文龙与文凤的故事，文龙和文凤是兄弟两个，一个算命先生说文龙长大了颠沛流离，靠乞讨过日子；而文凤是人中之龙。家人听后就对文龙与文凤有了不同的期望，将所有的精力都花在文凤上，结果，文龙默默用功，成了状元，而文凤在家人的溺爱下成了乞丐。文龙能够改变预设的乞丐命运凭的就是知识的力量，而文凤没有通过努力获取知识，最终沦为乞丐。

成江河知道，正因为有了知识的巨轮，他们兄弟两个才得以穿越崇山峻岭领略辽阔草原的风景。

江河此时看着自信的浪河，回想起了过往处在深渊中的浪河。那时浪河和王珍爱结婚后迎来了自己的孩子。孩子出生因有先天疾病，让他处在经济拮据之中，他求爷爷告奶奶好不容易才借足了给孩子治病的钱。那时成浪河经常泪流满面，他对这个世界充满了抱怨："难道我这一生就这样了吗？"当泪水流干后，他痛定思痛内心坚强起来：生命有许多未知的宝藏需要去挖掘，必须用双手创造未来美好的生活。于是，他全身心地投入工作中。

在城建集团工作期间，他主动了解从土地开发到项目落地的全过程，学习投资开发的经验，并领会了项目的精准成本测算。直到有一天部长和他说："公司想上市，但集团下资产太多，捋不清，想成立一个分公司，分公司让我去筹建，你是否愿意与我一同前往？"那时，他觉得自己就要改变命运了。

项目筹建后，浪河的业务范围得到了极大的拓宽，报建、招标投标、预结算、合同管理等全流程业务他基本都涉及了。

有一天他成了副总经理，同时业务又得到了极大的拓宽，又将营销部门及物业部门纳入业务范围之中。部长得到了升迁去了上级公司，同时一向得到部长信任的浪河也被调了过去，负责工程管理。此时他心中既喜悦又恐惧，有些无所适从。

当他深入项目的全过程全方位建设与经营管理时，他在无意中发现了一套投资的密码，于是在经营项目风生水起时，他踏入了投资理财市场。他坚信未来金融市场发展前景广阔。那时已经成了总经理的他，毅然投入了金融市场。在金融市场摸爬滚打中又建立了自己的业务王国。

当成江河和成浪河回顾成浪河的过往时，成浪河笑了笑，道："有一句话叫'心有多大舞台就有多大！'"

成浪河告诉成江河一个绝好的买股票的时机已经到来，这只股票他跟踪了八年，终于迎来了可以进入的点位。

"抓住这次机会，这是改变家族命运的股票，"成浪河肯定地说，"等了多年终于迎来了预估的最低位。"

成江河不相信他的判断，迟疑不决。

成浪河向他说道，这是他应用价值投资理论选定的有发展潜力的企业，以现在这个好时机持有这家公司的股票，与公司共同成长几年，在公司经营出现拐点时将这股票卖出，将会获得超额利润。成江河明白了浪河的逻辑后，且看了浪河的以往实战业绩，于是有些心动了。

"投多少？"他向浪河问道。

"用你能够承受亏损的钱去买。"浪河说道。

成江河看着浪河疑惑地说道："你不是分析到位了吗？为啥这么保守？"

浪河说："我同时投几只股票，这只不行，那只行，总体而言，我也不能保证百分之百盈利。"

　　浪河又说这家公司的经营能力、技术能力及未来市场的占有份额是相当可观的，也就是说，投入十万元，在一定周期后，会收获一百万元。但是前提是要有耐心。所谓股票其实很简单，就是选对股，在低价位买，在高价位抛，仅此而已。

　　成江河听后热血沸腾，立即告诉了在坐月子的刘浪。正如他所料，他迎来了刘浪的一番否定："别去碰自己不了解的事物，那样会有风险的。"在碰了一鼻子灰后，成江河对浪河说了刘浪的看法，并说了一些消极的话，浪河又说服成江河道："这家企业紧跟国家发展战略，我们在财富集聚的大城市，如果不投资，如何积累财富？"

　　成江河听后有醍醐灌顶之感，于是，他下定决心，不管怎样都要投入这场改变命运的战斗中。

　　晚上，成江河将从浪河那里得来的一系列观点原原本本地对刘浪诉说了，并笃定地说道，机不可失，时不再来，这是改变命运之股！

　　刘浪听后反驳道，人应该脚踏实地地活着，而不是整天做一夜暴富的美梦。

　　成江河知道刘浪是不会投的，于是便转了个弯。后来，成浪河在海洲的几天里又将自己的分析理论及实战业绩再给刘浪讲解了一遍，刘浪说成江河想投用自己那部分钱投就可以，她就不投了。

3

在淘金的热潮中，成江河看着疯狂上涨的股票，感觉贫穷的枷锁可以完全打破，这是改变家人命运的时刻。

他想到几百万马上就要到手的快乐，他立即让刘浪将她手头多余的钱投入进来。而刘浪还是不为所动。他感到十分沮丧。他需要资金让他完全摆脱心里的窘迫，他不想像父亲成金顺那样，由凤凰变成鸡，用两根穷骨头支撑着他那瘦弱的身体。

他认识到了这种机遇的可贵，而刘浪却认为这是一种无理智的行为，她不愿跳进风险坑中，坚定地说："有家有口的，小心驶得万年船。现在股票是上来了，但是，按照你的想法将家底全部抛进去，太冒险。"

成江河坚决要求刘浪追加钱投进股市，而刘浪坚决不追加。成江河跟她争执了一会儿，发出一声长叹："这可是改命股！一辈子遇到这么一只，未来家族的命运就会随之而改变。"

刘浪说道："相信浪河哥是实力派，我也相信这只股票是改命股。但人不能在金山面前被妄想及欲望吞噬。"

"这不是炒股，而是找到了一家成长型的企业，一旦错过就错过了改变命运的机会。这么一个千载难逢的机会，错过后会后悔的。想当年，我父亲领着一帮人开公司，在外求爷爷告奶奶，最后也没能赚到足够的钱，而现在有了改变命运的机会，不能让一身金鳞的送财麒麟乘风而去。"

又一番争执后，成江河踱着步子到了客厅，坐在茶台边煮起了茶壶中的茶。

成江河仿佛在焦虑中看到了未来一片金黄色的麦地，那里种满了摇钱树，摇钱树在不经意间开出了各种摇钱的花朵，他已经在摇钱树下摆好了口袋，租来了卡车，几天时间就能将卡车装得满满的。

他的情绪亢奋了几个小时后，在椅子上睡着了。

天还没亮，他那情绪又出现了。他体内的热情又像滚滚的长江水，从四面八方涌来。

实际上，成江河要的不是钱，而是一种安全感。

此时的成江河，突然想起了成家楼在河中捧腹大笑吃虾蟹的有才俩兄弟还住在多年前的那间土屋里，打着光棍，在圈里给驴打扫喂食的场景。

幸福、光明、有才、有干，成了岁月中的泥土颗粒。他们就像驴子一样麻木地生活着，摆脱不了祖祖辈辈的贫穷的轮回。

显然，他找到了一个改变命运的契机，这段时间验证了成浪河预判的准确，而刘浪投入的钱少让他未能实现他的战略宏图，他不禁又一阵怅然的感叹！

他想起了刘浪不顾家人的劝阻，满怀欢喜地嫁给他时，两人加起来一个月工资不到五千元，过得乐呵呵，现在已经赚了几十万还不知足，看来人心不足蛇吞象。

股票又在吸引着他，他试图再次去说服刘浪，毕竟机不可失时不再来。

"这是一家成长型的公司，我们若扩大投资金额，未来真的是衣锦还乡。"

"你该干什么干什么，别叽歪！我的钱不会投，你将你的那份投了就可以了，别见了钱像蚊子见了血，不能将家当全部投进去。"

"总之，机不可失时不再来，赚钱的机会错过了，你不后悔吗？"

"我可不在乎有多少钱，只要有赚的就可以了，并不是任何人都这么幸运，还想在虎口里拔牙！"

一个赚钱的机会就这样失去，他垂头丧气起来。

经过一个上午，他的情绪渐渐稳定了下来。他走过办公室看到里面忙碌的人，禁不住向自己问了一个问题："难道钱真的这么好赚吗？为什么人人为了份工作'内卷'得有滋有味？"

一时的欲望造成了自己情绪的疯狂，当真的淘到了无限的资金后，自己又能去哪里？不还是要过好那种朝九晚五的小日子？况且自己也拿不出多少钱。

他此时冷静下来了，但余温还在，他走出办公区域，穿过一条条的街道，走过了数不清的红绿灯路口，让体内的余温化成了心灰意冷的寒气。

他抬头看了下蔚蓝的天空，看着游动的白云，过了一会儿，进了一个理发室。

他选了一个最贵的理发师。他长舒一口气道："你一天能理多少次发？"

"多则二十来个，少则五六个吧，周末相对人多点。"理发师说道。

此时，成江河闭起眼睛，沉浸在算账中，理一次发赚二十元钱，平均一天最多也就赚四百多吧。钱真难赚啊！

　　他内心一片炽热，浑身仿佛散发着一种神秘的力量。他充满了幻想，仿佛期待马上就能变成现实，而不仅仅是一个梦。

　　他需要外在的财富实现来获得安定的内心。当他把财富视为一切，感觉财富如同海水越喝越渴，自己好像被卷入了无边无际的大海……

　　当他理完发，看着那些忙碌的小哥、小妹们，走出门，叹了一口气道："也许，像驴子一样拉磨就是生活！"

第十四章 无光现实的试图觉醒

1

成江河从过往的神思中抽离回来，他之所以这么恐惧是因为，想到自己未能及时出席会议，造成了领导工作的被动，同时对他的处境也极为不利，他还处在合同的聘用期，这个失误会不会使得撤销合同不再聘用他了呢？这让他又陷入了极大的焦虑……

在成江河陷入沉思之时，很要好的同事，走到办公桌前拍了拍他的肩膀。成江河明白此人的来意，两人就走出了办公室。他从同事那里得知，因他未及时参加项目会议造成了工作的被动，会议室正在讨论对他的处罚。

成江河听后内心没有太大的起伏，以往他很害怕会受到处罚，而当这一天来临时，他反而感觉很淡定，天要下雨，娘要嫁人，随它去吧！此时，原来的郁闷及恐惧好像烟消云散了。

讨论一番后，领导决定给予成江河口头批评，并给予他再一次汇报的机会。

为了这次汇报，成江河精心准备了一番。这天开会，成江河穿着一身笔挺的西服，白色的衬衣及油光发亮的皮鞋，做了精致的发型。他将情况向领导汇报了一番，原本想能够成功，但会议室中十多个人七嘴八舌的质疑，让他立刻陷入了混沌状态，无所适从。

这让他内心格外烦躁，一路的否定让他的灵魂逐渐被吞噬，仿佛霜打了的茄子。

会议的整个过程让他的自尊心低入尘埃，他的构想被撕裂得面目全非，他们以无比坚定的态度对他进行了彻底的否定。

这夜，成江河躺在床上辗转反侧难以入睡，他有一股愤怒之气像雄鹰一样盘旋在他的心头上空，让他灵魂在游走，他深深地体会到一种情绪的袭扰，这种袭扰像黑夜中的寒气直抵他的傲骨，又像高温天气热得让人口干舌燥，体内无所适从的郁闷在纠缠着他，让他完全否定了自我。他仿佛室息了，突然感到一种深深的畏惧。

"难道自己畏惧他们的观点？"

"自己的嘴巴怎么表达不出自己的想法呢？"

"为什么每当情绪袭来的时候，就会产生自我困扰呢？"

"难道我对事情的处理方式有问题？"

"有，你承认就可以了。"

"你现在被别人否定了，你非常生气，别人说你不好，你受不了，是吧？"

此时，他忍不住给参会的同事打了个电话，再次交流这些问题。参会的同事大致肯定了他的观点，但也说出了他们自己的几个观点。

他挂掉电话思忖了一会儿，道："你自我感觉良好，别人否定你，你就不服气，是吧？"

"你是不是像父亲成金顺那样，只想获得别人的认同，只要被人说牛，你就找不到北了？"此时，他想起了母亲青胜蓝的话："你父亲就是糊里糊涂的一个人，只要别人说他几句好话他就飘到空中了。"

"你是不是像父亲那样没有得到别人的认可就发怒呢？"

此时，他又回想起了小时候在成家楼迎着清风伴着明月，在明媚的阳光下快乐地玩耍，然后回家吃饱饭，睡一个美美的觉。那样的时光是多么快乐！

突然他就步入了社会，原来父母承担的责任一下子到了他的身上，他要混出个样子来，满足父亲成金顺的期待。

从那时开始他就非常向往成功，一定要给家里争光！当他的学习成绩怎么也上不去时，他万念俱灰，他的路子在哪里？他也能够像初中辍学的何晏一样搞一点体力活干吗？但是那种生活能够让他获得别人的尊重吗？那时一种极大的不安全感席卷到他身体的每一个细胞。

也许他的观念跟原生家庭有关，也可能跟自己处理问题的方式有关，还可能跟他的情感有关，他如何从这种狭隘的观念中解放出来呢？他需要找到更高的安全感，这种安全感如何获得呢？

他点了一支香烟，看着天空中的明月，过了一会儿，突然感慨道："说白了你就是无法达到理想与现实的平衡，是吧？"

那种难以名状的情绪在撕裂着他，不管什么理由迎上头来，这种情绪都不能消除，慢慢地，郁闷情绪转化成了愤怒。

他的情绪久久不能舒展，于是他决定去跑步，当他跑了十公里路时，愤怒情绪完全排解了。他在沿堤岸行走中，突然仿佛有一股清泉在整个身体中流淌，他的心情逐渐转好。

就在他心情刚有些好转时，青胜蓝打来了视频电话，这又让成江河陷入无边的情绪旋涡中。青胜蓝说了一些在成浪河家看孩子已经心力交瘁的话，便想让成江河回趟家，他们想借机回老家一趟，给自己松口气。成江河本想接他们来享受天伦之乐，顺便帮忙照看下孩子，但他们好像有了些许情绪，口头上说着："当初我们有孩子时你奶奶也没有帮忙，都是自己看，且你父亲也没有那个耐心。"当青胜蓝问到成江河一家是否回老家看望他们时，成江河以不耐烦的口吻说道："你们在我哥那里好好享受天伦之乐吧。"

青胜蓝此时又开始抱怨成江河："当初我照顾你们奶奶时，你们奶奶说什么，我就听什么！现在可好，娶了个媳妇就等于娶了个皇姑！我们年迈的身躯怎么能经得起孩子的折腾，看孩子看几天还行，看多了就是受罪！"

一段牢骚从空中传来："你们要是有我伺候你奶奶的一半好，那我就是烧着高香了。"

青胜蓝又问道："你们回家不？你们回来，我们就收拾收拾等着你们。"

"工作比较忙，回不去！"

"一点也不想家？你不想我们，我们也想你们和孩子呢！"青胜蓝又埋怨道，"养了你这么个畜生，北方这么大的地盘容不下你，非要跑到南方去！真是白养你这个儿子了。"

"行了，不跟你说了，一说起来，除了指责就是埋怨。"

"唉！"

视频挂断了，一阵难以名状的情绪突如其来，真是难受至极。每当与母亲进行交谈后，他的愤怒就会从心底像潮水一样涌出来。

"很多心理学家说过，人和外界的关系与人和原生家庭的关系有关。是不是自己所有遇到的问题都跟原生家庭有关呢？"在生气之余，突然这个声音像地下的泉水从心底里咕嘟咕嘟冒了出来。

此时，他想到很多人家庭背景很好，他们现在的成就是踏在他们父母的肩膀上，而自己是靠双手取得了今天的成就。他各种胡乱的想法像逃生的兔子，在草原上撒了疯地往各个方向乱跑。

他在心底是很在意他父母的，但是每当跟母亲谈心时，他就没有了那种亲密的情感，而是多了一份内心的愤怒，愤怒过后又对自己产生无尽的失望。这种情绪让他像芦苇在成家楼的小溪流边的芦苇荡里迎风晃荡一样。

他想跟母亲解释，但是无从开口，因为一谈情绪就会崩掉，一股情绪在心头，他不知如何表达。

突然他又想起了父亲对他们的冷漠，如同他和母亲的情感联系虽然感情十分深厚但偶尔会愤怒，会不会虽然心里都有彼此，但不知如何表达？

他想成为自己人生的掌控者，可是，他怎么也逃不出家庭的影响，且以家人的方式与外界进行沟通与对话。当外界不能让他情绪舒畅时，他仿佛受到了双重的羞辱，这也让他产生了极大的愤怒。一是他不想像成金顺和青胜蓝那样处理事情；二是他自己要独立地处理事情，但他好似没有力量摆脱困境。

想着想着他突然长舒了一口气，应该要和解了。他知道他们心里是有彼此的。

3

他边想着边迈着步子，他的头脑中各种想法在翻腾，他的双脚在丈量着每一寸土地。

当跑了一通将内心郁闷情绪宣泄出来后，他看到夜晚的灯光掠过树的枝头，心里好像有了一些美好，微风拂过他的脸庞，他踱着步子，一阵阵舒适感向他涌来。

就在欢喜之余，他和大哥成江洋打了一通电话。成江洋刚从农田里回来，他拖着疲惫的身躯说着干农活的辛苦，生活在锤击他！

听了成江洋的感叹，他感觉现在成江洋唯一的途径就是去找份工作，只有有一份工作才能不胡思乱想，才能有立足之本，才能养活自己。

成江洋说到自己已经被推到了命运的危墙之下，外出是一路碰壁，他心中惊慌不已。但是，他想到自小关爱他的奶奶，内心就会平静很多，因为只有奶奶对他好。说到这儿，成江洋哽咽了……

成江河边走，边思索人生，也在思考成江洋的未来，此时，一个从未有过的想法冒了出来："他以往认为任何事物都是非黑即白的，但在生活工作中好似不能这么绝对地看待事情，因为黑白之间还有一个连接的混沌状态，如果说黑是一，白是二，那么混沌地带就是三。"

于是他将成家楼那种快乐的时光，过去求学苦涩的经历，为了生活在苦难中煎熬，当成了"一"；把对未来的憧憬和向往当成了"二"；把他现在的愤怒、忧愁等当成了"三"。

他将过去、未来、现在三者合一后，他疲惫的身心仿佛得到了休息，他不由自主发出了一声长叹：人生有未来，也有过去，有现在。过去、未来、现在是合一的，因为他能够同时体会到三者的力量。

"是这样的，应该一分为二看问题，才能够看出人生的本质。"

他回到家，迫不及待地对刘浪说出了他的感受。刘浪听后笑了，并说他总有一些稀奇古怪的想法，他的想法让人难以理解。

刘浪告诫他："你还是立足于现实，少考虑那些没影的问题。"

"我现在跟你说的是一种思考方法，一种改变人与世界关系的方法！"成江河一脸严肃地说道。

刘浪听了他的话不耐烦地说道："你能不能正常一点，整天考虑这些不知道从哪里获得的想法，让人匪夷所思，不得其解。"

成江河以一种坚定的口吻对她说，世界不仅是一分为二的，更应该一分为三、合三为一，时间上可以分为过去、现在和未来，人也可以分为过去的自己、现在的自己、未来的自己……

"打住，你想说些什么？你总是考虑一些别人无法理解的东西，不如活得踏实一点，该干什么干什么。"

成江河被刘浪的不耐烦、一点不给面子的话挡了回来。不管他怎么说刘浪也不再理会，但成江河还是坚持他的观点，极其自信。

"我考虑的这个问题，正如人生的终极问题：人从哪里来？人到哪里去？人要干什么？"

刘浪听了他这话，不由得由厌烦变成了一种无奈的笑声："这么深奥的问题，古今中外多少圣贤都在研究，谁能研究透？王阳明的心学，老子的《道德经》，还有国外的黑格尔、康德、叔本华等都在研究。他们有研究出的吗？像你一个凡夫俗子，还能研究出？"

成江河郑重其事地说道，他能搞透。刘浪听后道："耳朵都起茧子了，你能搞透就自己搞吧，日后你自己搞通透了就行。"他的一腔热血，迎来了刘浪的一盆冷水。于是，成江河拿起筷子吃起了饭，说他在外漂流太久了，要回老家去寻一寻自己的根，而刘浪说她近期工作挺忙暂不能回去。

第十五章　故乡之旅
——发展是生命的一部分

1

　　当成江河踏上北上的列车，看着一路变幻万千的风景，他的思绪如同秋季成家楼东河边芦苇的飞絮随着秋风漫天飞舞起来，他想：应该去各位长辈家、哥哥、弟弟家看看。多年来大家为了生活四处奔波，曾经一起在成家楼欢乐的时光，随着时间的流逝，成为忙碌奔波后医治灵魂的一剂良药。动车飞速奔驰，眼前的风景闪过如同他的记忆在脑海中一闪而过，现在回想起来，他改变了童年的样子，变得多愁善感，变得像成浪河说的那样犹犹豫豫。直到他像牛一样反刍观看着经历的过往及此时的内心时，他才猛然发现以往那个爱打、能打、敢拼、硬拼，拿着镰刀在成家楼东河边的树林子里追赶隔壁村欺负海海的七八个小孩让他们像兔子见了老鹰一样，仓皇逃散的他，变成了一个被生活锤击得自我否定且怀疑人生的人，如果说以往是童真，那么现在建构起来的是什么？他不禁发出了疑问。

他陷入了情绪上的困境，禁不住感叹道："怎么会这样？应该是越来越好的，怎么会出现退步？！"

此时，火车已经驶入了平原，看着一排排映入眼帘的楼房，他沉思起来：自己在城里的房子还是浪河帮衬了一把，借了些钱才买上的，这也多亏了嫂子王珍爱，要是关系不好，别说借钱，就是借个西北风也借不来。想到这儿，他难掩一种悲凉的情绪：曾经的一家人，随着时间的推移而渐行渐远，虽然心头的亲情依然存在，却各自成家，有一种说不出的距离在空间延伸。

在一番回忆之后，成江河肚子有些饿了，吃了两包泡面，吃饱饭后他又陷入了无尽沉思，他过往通过自己奋发向上而突破了重重困难，而当有了一份稳定工作后，为啥内心一下子茫然了，他忧郁的情绪不断放大，以至于到了不能自拔的深渊。记得当初他上大学时，用学生证买的半价火车票仅花费几十块钱，从家乡一路到山城。车厢里人声鼎沸，春运像农村赶大集，人潮汹涌，去个厕所都人贴人，人挤人。那时有同学坐卧铺回家，他都感觉很奢侈，他想自己这辈子就是再有钱也不会去坐卧铺。而多年后，他在物质条件极大改善的条件下，精神却逐渐瘫痪下来，原来那种追求未来曙光的劲头早已烟消云散。

经过片刻的思考后他逐渐明白，不是通过读书就能拥有美好的生活，而是心里想充满对生活的信心。经过实践后，他发现自己仍然是大众中的一员，放在人群中一点也不显眼，这让他陷入了沉默，有一种对生活的无力感。

成江河与浪河是从一个家庭中成长起来的，共同经历过生活的困苦，而此时，浪河哥却像没有像他那样长吁短叹。他忙得不可开交。通过两人的交流，江河发现浪河从没有吐露出对生活的抱怨与感叹，而是努力工作一直向上。

黄昏时的落寞没有让浪河沉寂，黑夜的无情嘲讽也没有让浪河发出对命运的哀叹。在成家楼时两人一块光着腚长大，浪河记忆最深的是，当成浪河上小学时，七岁多的成江河带着成江湖、海海、成江海从河边玩耍回来后，去学校的土墙头上等着成浪河放学，因为这些孩子在河里玩耍衣服都湿了，索性光着腚到了学校，引来了老师和同学的嘲笑。后来，青胜蓝找老师让成江河跟着成浪河一起上学。

一向贪玩的成江河跟着成浪河在教室上课，不出声也没有课本，考试竟超过了整天正儿八经上学的成浪河，这让家人觉得不可思议。成江河在上高中时，成金顺创建的公司负债累累，他回到家要学费，家里翻箱倒柜找不出两百块钱时，他的心缩成一团，他不愿落人一等的心绪一直像迎风劲展的旗子。高中毕业后，矿业集团要求挖煤时摘掉眼镜，他去医院医治眼睛，青胜蓝对他说要告知医生："钱先缓一缓，最近工程款快要下来了，先交一部分，剩下的之后再交。"成江河来到医院对医生说了这些话，女医生脸上露出了一丝疑惑，并说钱并不是很多……

现在他通过自己的奋斗有了一定的经济基础，能买自己想买的东西了，不再需要求人借钱，但他内心却总是惶惶然。

"为什么不能承认自己在这个世界就是微小的一分子呢？"

动车在飞奔，他想，成浪河此时在忙啥呢？过得如何呢？当成江河一路风尘仆仆地赶往成浪河的办公场所，看着在会议室与企业家们侃侃而谈的浪河，不由得被他丰富的知识及科学的判断所吸引，他也一头钻进了浪河所描绘的蓝图中。

"中国汽车产销量已经占到了全球的三分之一，国家已经对新能源车出台了战略规划，在未来十年，新能源车将在市场上占据主导地位，至少要占据超过百分之六十的市场份额……"

浪河用发展的眼光来阐述汽车未来发展的蓝图，未来新能源汽车销量上涨至少五倍，是一个快速扩大的市场。

他确信未来汽车将不再以使用汽油为主，而会用新型能源驱动，通过发挥国家的科技实力，致力于从水分子中取出氢，来形成氢能源，同时，未来新能源车将融入自动驾驶与网络平台的技术。

成江河听着浪河对新生事物的判断，自言自语道："同样是人，为啥经过时间的洗礼出现了不一样的格局与认知呢？"

浪河以自己的韧劲将精力全部投入知识的运用中。

"新能源对于中国来讲，它的战略是什么？如果我们能够解决所有氢能源从电解氢到终端应用技术的瓶颈的话呢，就不需要依赖于任何的进口能源。

"我们去发展氢能源，它的意义在于发挥我们制造业低成本的优势，然后去获得廉价的能源，且不需要受任何国家的制约，当新能源普及后，就会出现商业的全面化发展！"

他看着侃侃而谈的成浪河，想起了浪河对他说的一句话："我们谁也不能依靠，靠也靠不住，打天下靠自己，务必敢于与自己斗争，善于与自己斗争才能有别开生面的风景。"

当他讲解完毕，各企业家纷纷提问了疑问，成浪河将一个个问号拉成感叹号，一些企业家决定投资他的产品。因为他的讲解让他们心服口服。

成浪河忙完手头的事，与成江河在宽敞的办公室里坐了下来。

当成浪河问成江河为啥突然来了也不打招呼时，成江河唠唠叨叨地说了一通，并说到了他的忧郁情绪，也说起了近期总回忆过往，且说起了小时候在成家楼发生的林林总总的事情。

"为什么总回忆过去呢？生活这么美好，为什么总给自己找郁闷呢？"读了那么多书还过不好生活的成江河被浪河冰冷质疑的话一下子戳醒了。

"在成家楼的过往是一趟回不去的旅程，我们不能永远活在对过去的回忆中。"浪河用他简洁的话语诉说着对成家楼的认知，"走出成家楼靠的是父辈们敢闯敢干的狠劲儿！"

浪河倒起了茶，茶台上放着三个茶杯，他用茶水将茶杯洗了一遍，而后又给茶杯里倒上滚烫的茶水。

"父辈们从不怨天尤人，只埋头苦干，这咱们要学习。如同喝茶，他们不懂茶文化，只是在杯子里撒上一些茶叶，倒上滚烫热水，咕嘟咕嘟喝下去，但是他们喝得痛快！

"而我们这一代已经插上了知识的翅膀，能够来到城市看到不一样的风景。工作中、生活中的任何事情都不要抱怨，抱怨是对现实最无力的回击，人要保持一腔热血，要坚持遇到问题不回避，敢于正视问题，遇水架桥，逢山开路，要有开拓精神，唯有开拓才能进一步解放思想，才能够奔向未来。"

成江河与浪河回忆了许多，成金杰作为老大，以老哥比父的心境，凭着梅花迎傲雪的劲头将成家楼的土屋进行了翻新加固，给需要的家庭盖了红砖房，证明了他的组织才能及摸着石头过河的硬汉品质；成金顺能够不拘于一地发展，敢想敢干，从一个地方闯到另一个地方，仿佛在一片充满野草的荒地上开辟出了肥沃的良田。他不仅在厂里年年被评为先进，还成了厂长，更重要的是他能够适应时代发展的潮流，从一个农民工创立了建筑公司，虽然最后倒闭了，但他带着成江河与浪河开启了从农村进入城市看风景的人生。成金军虽然没有成金杰、成金顺的能耐，但他骨子里勤劳肯干。每次在开拖拉机拉石头时，他都是迎着寒风，每天都比别人多拉几趟，辛勤的付出，赚回来的钱买了全村第一台14寸的电视机，这台电视机成了成家楼老小的快乐源泉。每到夜晚成金军就将14英寸的电视机搬到天井里，院子里墙头上总是挤满了人，虽然没有什么管理才能，但他的勤劳我们小辈中任何一个人也比不上。成金华从农村出去，在大城市安了家，用知识开启了新的大门，他不畏外面的困难一路攀登至家族的高峰。如果能够找到一个说明父辈的字，也许就是：闯！

"未开化的人都留在了成家楼，而开化了的我们都出来了，像芝麻开花节节高。在家庭最困难时，我们被命运之神选为经历艰难困苦的宠儿，我们仿佛在夜晚的沙漠中航行，但我们最终在北极星的指引下，走出了无边无际的沙漠，我们发现了绿洲，在绿洲上有了自己的一亩三分地，能够建立自己的家，安居乐业。"

"已经拥有了了解世界的机会，为啥还抱怨生活的困苦？艰难的日子，我们都没有像你那样的状态。你的这种状态不像是我们家的风格……"

成浪河讲完后又要倒茶，他指着茶壶上的一首词念着："大江东去，浪淘尽，千古风流人物。故垒西边，人道是，三国周郎赤壁。乱石穿空，惊涛拍岸，卷起千堆雪。江山如画，一时多少豪杰。遥想公瑾当年，小乔初嫁了，雄姿英发。羽扇纶巾，谈笑间，樯橹灰飞烟灭。故国神游，多情应笑我，早生华发。人生如梦，一尊还酹江月。"他又让成江河读了一遍，然后说道："你已经对生活产生了满腹牢骚，多情应笑你，已生华发，人生如梦，为什么不用好梦来装点人生的光明呢？"

成江河觉得浪河好似一条腾飞的巨龙在天空中飞舞。他依稀记得，浪河在求学中所受的苦及在他的两个孩子生病而无钱医治时，他迎着明月流下的泪水。那时，生命将所有的绝望给予了他，想让他对任何事物都万念俱灰，让他变得精疲力竭。时过境迁，现在他神采奕奕，并不再感叹过往的悲催，将所有的精力都投入投资策略及追求美好生活中。

"生命有很多困难是我们不曾遇见的，你要敢于自我斗争，以问题为导向去解决问题，如果你能够认识到这一点，你就能有前行的勇气及信心，你就不会出现这样的心境。"

浪河喝了一杯茶后，突然话锋一转又道："有才、有干兄弟两个你可记得？"

"嗯！"

"以前在东河边，给我们表演吃蟹子、虾的两兄弟，多年以后，竟还在成家楼那个土屋里，两兄弟养着一头为他们耕庄稼的驴，他们不也过得好好的吗？！"浪河的反问，让成江河心里咯噔一下。

"唉，他们真是可怜！"成浪河说道，"生活把他们困在那样的天地中，他们已经习惯了贫穷，思维也已经固化了。

"今年回老家给咱爷爷奶奶上坟时，遇到了有才、有干，我问他们种地快乐不？他们回答：'都快累死了，还快乐，快乐个锤子！'像有才、有干那样活着，不如大胆地走出来，看一看世界的美好！"

成江河听了后，道："你之所以这样笃定，是因为你有了好的物质条件，你见的企业家都拥有至少千万流动资金，你在辉煌中自然不会去回望曾经走过的路。"

成浪河喝了一口茶后说道："我知道生命之神正拿着锤子，在我的身后紧紧地追赶着我，他想在我利令智昏的时候，猛地从背后狠狠地给我一击，当我再爬起来时，又一铁锤击打到我的头上。我尝过这样的攻击，窥探过生命的低谷，领略过人生的苦难。我往前走，一直往前走，永远相信未来会有美好的事情发生，将我所有的热血都化成了我一往无前的动力。当一个人心无旁骛地去做一件事情，整个世界都会为他让路。"

听完成浪河的话后，成江河叹了一口气道："我何尝不想贡献才智呢？但在这过程中出现了郁闷及恐慌。"

"我认为这个世界上让人不再郁闷及恐慌的只有一条出路，"说到这儿他停顿了一下，又笃定地说道，"这个出路就是你要不断地创造价值。唯有创造价值，人才能够消除各种不良情绪。"

"创造价值？且源源不断地创造价值？说起来容易，做起来难，谁不想创造价值呢？但怎样才能创造价值呢？"

"人要能够从风物长宜放眼量的视角来看待遇到的问题，唯有那样眼前遇到的所有困顿的事情才会迎刃而解。正如人的成长一样，若能够以'十年树木百年树人'的视角来看待人的成长，会发现人因一时失利而郁郁寡欢有多么肤浅。"

"道理是那样，但哪里有那么多的价值可以创造？大部分人还不是靠勤劳的双手改变命运？"

"双手改变命运不是那么容易的事情，大舅不算勤劳吗？他改变命运了吗？"

成江河想起了大舅起早贪黑，在农村时干了很多农活，农田里的十八般武艺样样精通，而到了城里跟着父亲成金顺干建筑也是耍得一手管理财务的好把戏，但最终还是回到了农村种地。他每日在地头上吧嗒吧嗒地抽几口烟，看着自己辛勤劳作将要收获的金黄色的麦子，俨然像一个老头了。面对他辛勤种植的农作物，因市场供过于求而烂在地里，只能在地头仰天长叹，带着恨意回到家无奈地喝起他的小酒。

在成江河沉默思考时，浪河又以他的远见卓识说未来社会的生产资料，是时代带来的。并说道未来公司能够活下来不容易，他必须加快产品和市场的匹配的速度，因为时代的发展洪流将会把不变革、不迭代的企业很快淘汰掉，企业要想有生存的能力必须能够在时代的洪流中浪遏飞舟，大批的企业都要穿越市场设置的"死亡之谷"。

成浪河说到了父亲成金顺建立的万里青山公司，如果到现在公司依然发展，那么我们的父辈就会获得成功，他们既可以享受到创业带来的钱财还能够获得指点后来人的优越感，但后来再进入公司的人，他们想通过双手改变命运，难！但对美好生活的向往是值得肯定的！

"谁没有对美好生活的向往呢？"此时，成江河记起第一次在成家楼看到黑板上写着"奔向小康生活"时，一群孩子问蹲在太阳底下的一群老人："什么是小康？"老人家笑着说："楼上楼下，电灯电话。"

那时，有一次见从隔壁村发往县城的汽车归来时，一群小孩闻着汽油味感到异香无比，一直追着车跑了几里地到了汽车始发站——隔壁村……

那时是那么快乐，而现在长大成人后，大城市仿佛是一个陌生的世界。原来小时候的快乐变成了成年的焦虑，仿佛人已经被物欲化了，每天上下班把时空都锁定了，一切处事行为都被困在现代性的各种规则之中，像在成家楼那种物质条件窘迫，但精神愉悦的时光一去不复返了。那时在成家楼，大爷、三叔、大姑、二姑、三姑一大家子在一起，村里的人每天走家串户，在你来我往中，感觉到亲情所在、温馨的存在，但现在大家几乎都是点头之交，人与人之间的情感联系被切断了。原来父亲成金顺去城里打拼开创了公司，能够让家里人稳定下来，但随着万里青山建筑公司的倒闭，他们也倒下了，又过上了贫困生活。而他虽然已经突破了贫穷的生活，但在城市中遇到的都是知识比较丰富的人，都有实现理想的愿望，虽然大家表面上和和气气，但内心充斥着较量，像一场没有硝烟的战争。

想到这些，他禁不住感叹道："这几十年的发展真是太快了，我们国家科技等实力不断进步，但竞争也很激烈。追求心灵宁静是非常有意义的，你说得对，要创造价值才能够突破焦虑。人人都渴望实现价值，说起来简单，做起来比登天还难！"

"实现价值首先要发现价值点在哪儿，然后再琢磨怎样去创造价值！创新永远是驱动人类社会进步的动力和源泉。所以追求价值的源头必须是创新。"

"放眼周边都是成熟的行业，自己创新等于找死！你以为还是像父辈们一样，摸着石头过河，看准了猛地一榔头就能够发财致富？"

成浪河听到成江河说起父辈们那一代，又谈起了自己的看法：他们抓住了时代的机遇，敢闯敢干，建立了自己的公司，算是取得了一些成功，但是"打江山容易守江山难"，他没有建立现代企业制度，也不会风险管控，最终将跟着父亲成金顺一起打江山的一家人都拖入了深渊，这些都是打断骨头连着筋的人。成浪河话题一转说道："我们从成家楼出来过上了还算理想的生活，多少人都想离开那面朝黄土背朝天的生活，但他们没有，而我们有幸离开了，为什么不能很好地融入城市生活呢？"

成江河听后叹了一口气道："就是没有人给我机会让我能够出人头地！"

成浪河笑了笑说道："你现在过得不差，顺势而为就好，竹子和树木都是一节一节长的，自然长出来的才有力量。"他告诉成江河人不管什么时候都得学习，要让自己变得更加强大！

2

两人吃完中午饭后，成浪河问成江河直接回家吗？父母为了迎接他来提前几天回家准备去了。成江河笑了笑说顺路先去看看四叔，然后再回家。

　　此时浪河笑了笑，浪河想起他复读几年终于考入一个四线城市高职院校后，四叔成金华发出一声长叹，怎么家里的侄子一个也没有超过他的？成金华的期望是一代更比一代强，而实际却跟成金华想的正好相反。

　　在成浪河去学校报到时，青胜蓝打电话给成金华让他去车站接一下浪河。一向对自己要求严格的成金华疑惑道："孩子求学就是走向独立，让他自己摔打摔打！不能考虑太周到。"

　　青胜蓝想起以往自己家砸锅卖铁供应成金华一个大学生是多么不容易，而现在他一点也不听话，便道："你当初怎么上的大学？现在翅膀硬了是吧？"

　　这句话让成金华感到相当荒唐，"虽然你们供我上学，但我不能一辈子当你们的牛马。我自己在城里活得没有头脸，侄子也没有一个给我争气的，虽然自己当上了小领导，但在与媳妇一家人的家庭聚会时，总是被人戳脊梁骨。"他们认为成金华的成就全靠的是媳妇家。他极力想证明自己，也极力想帮助老家的亲戚，但是老家的人就像虱子一样聚在他的身体上，让他浑身难受。

　　当成金华挂断电话，黄菊脸上立马呈现出无穷的怒色。成金华感到一阵沉闷。

　　成浪河说："也许四叔能够给你说些宽慰的话，他劳作了大半辈子，对生活算是有深刻的认识了。"

　　汽车在路上悠悠地行驶着，成江河想着成浪河对他说的话，过往他在山城求学时去看四叔的情形猛然映入脑海。

　　那时，为了去看四叔，成江河将自己勤工俭学攒起来的钱，给四叔家的弟弟买了一个足球，还给四叔买了一条红塔香烟。他带着这两个礼物，心中有些忐忑地踏上了从山城北上的火车。火车一路开到了成金华所在的城市。他急切地想见到成金华，但迎来的却是四婶黄菊的冷眼相待，这让他感觉到极大的委屈。四婶黄菊以严肃的口吻说道："你四叔出差到外地了！"而弟弟成江天见了面叫成江河叔叔，四婶黄菊笑着说道："傻孩子，这是你哥哥！"成江天看着回老家见过一次面的成江河，甚至不知道眼前这个人是谁。

此时，一种压抑感在成江河的心中翻腾，他觉得他与四叔俨然成了两个世界的人。

他娘念经式地唠叨说城里的人没有一个有良心的，城里的人就是自己付出一个苹果，必须得来至少两个苹果，如果得不到两个苹果，内心就会抱怨那人是不仁义的东西。

四叔深受家人的精神捆绑，家里有事像要救火一样，今天救这里，明天救那里，不知不觉忘记了自己怎么过日子。

四婶做了一桌子菜，打算好好招待下成江河，但是，此时成江河的情绪被笼罩在阴影里，于是，他说已经订了票，饭就不吃了。当他从四婶家要走时，四婶叮嘱成江河在大学要好好学习，将来考个研究生，为未来有更好的发展打下基础。

成江河从四婶家出来，好似松了一口气。他感觉地位的悬殊，自己被人蔑视了，他在四婶家里感到十分尴尬，如坐针毡般难受。

他长舒了一口气，心里好像卸下了千斤重担，感觉豁然开朗，他在成家楼和在城里四叔家的感觉完全不一样。

他坐在公交车上，又想起了与四婶聊天的尴尬，想起了小时候成浪河给他、成江湖、海海等一群孩子讲的故事。村里有一个大地主，瞧不起人，别人想跟他打招呼，大地主连理都不理，直到有一天庄里有一个半清醒、半糊涂的疯子，拿着一个脸盆敲得当当响，边跑边兴奋地喊道："地主老爷跟我说话了，地主老爷跟我说话了……"不一会儿，庄里的人都聚集到疯子的身边，一些平时跟地主老爷说话碰了壁的人，心里纳闷：地主老爷怎么会跟这个疯子说话呢？！于是，一脸不解且嫉妒地问道："地主老爷跟你说什么了？"那个疯子说道："听你们说，地主老爷瞧不起人，不搭理你们，我就偏不信，就去敲开了他家的门，你知道地主老爷跟我说什么了？"说完这话，疯子看着想知道答案的那些人，而那些人见疯子叽叽歪歪，就不耐烦地道："地主老爷到底对你说什么了？"疯子自豪地道："当我敲开地主老爷的门后，地主老爷对我说了三个字，你们知道这三个字是什么吗？"那些人被他逼急了，道："你愿说就说，不愿说就拉倒！别说个话半句半句的，噎死人！"疯子自豪地道："地主老爷一开门，就对着我喊：滚出去！"当他说完"滚出去"这三个字后，在一片哗然中大家散场了。

听了这个故事后，一大群小伙伴都开心地笑了……

成江河想到这个情景时，心里禁不住一片感慨，难道大人的那种复杂的情感也会潜移默化地进入自己的生活吗？

后来，成江河和成浪河兄弟两个又去看了四叔成金华。

"打天下靠自己，亲爹亲娘都靠不上！"成金华说，"你们兄弟两个给我记住今天我说的话！"就是这样的话，像钉子钉在成长的树木的树干上，让成江河产生绝对谁都不依靠的想法，他决定未来要靠自己翻山越岭去领略世界的美好。

从那时起，他感觉家人像一道冰冷的墙，让他看不到未来的希望，但是谁的成长不是经过一番寒彻骨呢？

第十六章　故乡之旅——命运是什么？

　　成江河回到家见到父亲成金顺母亲青胜蓝，两个老人花白的头发在岁月中滋长，让人想到时光真的是白驹过隙。

　　青胜蓝奏响了锅碗瓢盆曲，做了一顿丰盛的晚餐，一家人其乐融融地吃了起来，天南海北地聊了起来。说起成浪河炒股，他们全盘否定。

　　当说起成江河跑了那么远后，青胜蓝禁不住发起感叹来："我是没有你奶奶的那个福气了，当初你奶奶瘫痪后，我和你大娘、三娘一起一把屎一把尿地伺候着她，直到将你奶奶送走。我现在养了你们两个孩子，都离家远去了。我算想明白了，要孩子有能耐是为国家养的，孩子没有本事才算是给自己养的。"成江河听了青胜蓝的牢骚，顿时感到一种无奈袭上心头，古语说得好："父母在，不远游，游必有方。"成江河看着青胜蓝的白发，禁不住鼻子一酸，而此时，青胜蓝说起奶奶李桂芝的善举是如数家珍，并且说道："你奶奶在天之灵会保佑你的，你只管在外努力拼搏，慢慢就会有一种如有神助的力量。"这时，成江河笑道："奶奶那么厉害，如果她真有在天之灵的能耐，为啥不治好自己的双腿呢？要是身体健康，到现在不一直在享福吗？"

青胜蓝听了成江河的反驳后，仍然固执己见，侃侃而谈。

最终，为了改变青胜蓝的想法，成江河引用了爱因斯坦的一句话："爱因斯坦说过，上帝不会掷骰子。"此时，成金顺和青胜蓝满脸疑惑，十分诧异，问道："爱因斯坦是谁？是你同学吗？"

成江河笑了笑，说道："爱因斯坦是一位了不起的科学家，为人类做出了巨大的贡献。"

成江河解释说，爱因斯坦是个了不起的科学家，是为人类做出很大贡献的科学家。

成江河还说到了爱因斯坦的相对论，青胜蓝和成金顺是一脸茫然。过了一会儿，青胜蓝说了一大通，他们最牵挂的就是两个孩子赚了钱能够给他们花点，不然他们含辛茹苦地抚养他们长大成人而得不到心理及物质上的反馈，孩子与家人之间难道不就像陌生人吗？！

成江河听后笑了笑，想着他们这样简单地活着也挺好。虽然他们不知道世界的美好，他们不知道哥斯达黎加有着迷人的海鸥，迪拜的广场上有着让人流连忘返的游艇，也不知道妖娆的白雪，含笑的海浪，但有想要孩子回报的心，让他们感觉生命的回馈的温暖，让他们在人前有茶余饭后的谈资，有自己孩子强于别人孩子的优越感及内心的舒适感。慢慢地，成江河不知道自己应该如何去生活了，他内心一直想成为光宗耀祖的人，想搞清楚人生的意义，但到头来却没有父母那样简单地活着来得有烟火气，而自己也是在思考中纠缠着自己，上气不接下气。

于是，他在思考后，发出了自己活了这么多年，越活越迷糊的感叹。

成金顺、青胜蓝听后，惊讶于他怎么能说出这样的话，表示不懂成江河的话里意思。成江河此时看到成金顺一身外债却趾高气扬，又听到了青胜蓝不能说自己不行之类的话语。当他喝完成金顺给他倒的茶水，听到成金顺说："你记住，人活着就是一个士气，你奶奶拉扯我们几个人长大，就是在穷时，你奶奶也说家里富得流油！人就是活一个士气！"青胜蓝听后笑着对成金顺道："你成家是卖豆腐的，穷得叮当响但挑着扁担不输阵！也就是当初那种忽悠人的劲儿，让我一辈子搭在你们成家了。"

成金顺又给成江河倒了一杯茶水道："你记着，人活就是活一个士气，天塌了有高个顶着，就是外面人再难为你，你自己也要心宽，心宽就是福！"

青胜蓝说她活了一辈子，得出的道理就是人得走正道，实实在在地干事情，至于能取得什么功名利禄，那都是老天给的，世界上有才华的人多了，老天不给他东西，他就是再有才华也是白搭，所以记得自己做好自己，在外敞开自己的心就好了，对自己宽容一点，人一旦对自己宽容，气血就不会瘀滞，气不瘀滞血就通畅，所以在外要心宽，观念一变天地宽，让自己的心变得不再愤怒、恐惧及怨恨，那么就会有一个好的身体。退一步海阔天空，让自己心平气和，因为心宽便是福！

此时，成江河看着年迈的父母这样安慰自己，感觉自己不应该如此脆弱无力，让两个老人为自己担心，他点了点头，说要回成家楼的西岭的山头上为奶奶去上上坟。青胜蓝说道："应该去给你爷爷奶奶上上坟，老人家会保佑你们的。"

　　成江河又说到了爱因斯坦。也说到了牛顿，说按照牛顿力学，所有粒子未来的运动状态都是可以精确预言的。这样一来，好像所有的事件，都能够做一个精确的计算。

　　成金顺说，人就是命，都是定好了的，他一辈子这么努力，到头来就是欠了一屁股债，竹篮打水一场空。

　　青胜蓝说起了文龙、文凤的故事，人只要努力就能够改变命运⋯⋯

第十七章　成家楼之旅——觉醒之路

1

当成江河来到成家楼，见到成江洋时，成江洋苍老的脸上多了些皱纹，皱纹在阳光下那么显眼，如同泥塘干涸后淤泥裂开的宽宽的纹路。成江洋在泥塘里种了一池子的荷花，微风吹拂，荷花在泥塘中游动，成江洋的身影和满池子的荷花融为一体了。

成江洋用网子边捞着鱼边说着一些自认为很有生活智慧的话。他从农村出去进城跟随二叔成金顺干建筑，二叔迎着时代的浪潮开了公司，在那段全家人都风光的光景里，他也算是风光过，但二叔成金顺的公司在时代改革的浪潮中被吞没，一家人跌入低谷。

他看着满池子的荷花，他感慨地说，他这个孙猴子使出了浑身的解数都逃不过生活的五指山，最终他是实在没有办法了，就回来成家楼这个"花果山"以新的方式种地了，这也算是在曲折中过日子。说到这儿，他从口袋里掏出烟来点燃默默地抽了起来……

成江河看他沉默的样子便安慰说："城里人都想从钢筋水泥

的空间之中逃离出来，找个山清水秀、空气清新、阳光明媚的地方享受生活、放飞自我，想回到农村过一种悠然自得的生活。"

他话音刚落，成江洋便说："城里人想到农村？全国乡村那么多，一些好的地方都有了旅游产业，他们想放松去乡下旅游住一段时间还行，如果回到农村，他们跟谁说话？村里的人说的都是那些陈芝麻烂谷子的事，眼里看的都是绿豆大的事情，有的村庄穷得叮当响，俗话说穷山恶水出刁民，如果他们遇到一点涉及利益的事，可能就脸红脖子粗地争吵，严重的话还会动刀动棍子，你说城里的人回到农村能找到同频的人吗？"

说到这儿，成江洋沉默了一会儿，叹了一口气又说道："小时候上学懂不了那么多，只是感到上学无趣，现在这个年龄，一切都懂了，但是已经晚了。'少壮不努力，老大徒伤悲'说的就是我这类人。"后悔之余，他总结，他之所以走了现在的路径，主要是没能够通过读书这条途径过上城里人的日子。在思绪低沉时，他又提到了有才、有干等人，他们都是同学，但他们比他活得更差，他已经算是比上不足，比下有余了。

话音刚落，几条活蹦乱跳的鱼在网中跳跃起来，于是成江洋将渔网收了起来，口中说着一连串"年年有鱼，年年有余"的话。

成江河看到成江洋收网捉鱼的兴奋样子像是回到了少年时代，成江河眼前浮现出成江洋在东河摸到了鱼儿，对小伙伴们喊"抓到鱼了，抓到鱼了"的场景，有才、有干拿起虾蟹说着"你吃我还是我吃你，看来还是我吃你"的欢乐场景……

成江洋将鱼捕捞上来，将活蹦乱跳的鱼放到了事先准备好的水桶中，他弯着腰继续抽着那根香烟，看着满池子的荷花又说道"老天给人关上一扇门的时候，会给人开启一扇窗"，比如他在城里混不下去了，又回到了农村，他感觉活得也挺好，因为他对自己的学识不足认账了，不认账又能怎样呢？成江洋也说到成浪河虽然通过自身的努力进入了他梦寐以求的职场，但在职场上拼命地打拼，好像是很廉价的，因为工资待遇就那样，纵使使出浑身解数，也不能让家族富有，能够过好自己的日子就不错了。并说到了以前四叔成金华考上大学就是天之骄子，有一份稳定的工作，而现在像成树林大学出来后找到一份工作，其实一辈子就像毛驴拉磨一样，在那儿转圈圈……

　　成江河说成江洋的观点有些悲哀，社会要发展，发展就需要人才，人才是科技兴国的强大动力。科技兴，国家才能够屹立于世界民族之林。成江洋听了成江河的话，笑了笑说道大道理他不懂，但是，大学生一批又一批地毕业，大量涌入城中，未来如果经济出现了危机，城里发生了公司大批破产的情况，那么一批又一批入城中的大学生的就业压力怎么缓解？

　　成江河听了他的话，无言以对，思索了一会儿说，没有矛盾就没有世界，唯有用斗争的方法才能解决前进中的问题。

　　成江洋听后，抽了一口烟，他看了看满池子的荷花，叹了一口气道："兔子满山跑还得回到窝！回到老窝至少像他一样有口饭吃。"并说到像成家楼这样的农村有着广阔无垠的土地，在这些村庄生活没有在城市生活的风险……

　　成江河听了成江洋的话，抬头向远处望去，看着这山山水水，突然想到了成树林也有类似的想法。并说到了成树林在大学时期的项目设想，他正想做一个将农村的自然、教育、休闲、娱乐相结合的项目设计，着力打造乡村旅游文化产业……

成江洋听后，笑了一通。"要了解农村，他有我了解吗？他是个喝着糖水长大的孩子，也就是暑假期间过来几天，随后就回城了，要说了解农村，谁有我了解？"成江洋如数家珍地说道，"现在人人都在外打工，成家楼村里只剩下老人和孩子，像我们成家楼这样的农村想发展旅游，那是搞笑的！"并说到他之所以回来成家楼，是因为他能通过开出租车及养殖生态鸡鸭的方式赚取一点生活的口粮，但是，这个秘方他谁都不能告诉，一旦告诉他的金元宝就被抢去了……

成江洋的话充满了悲观。成江洋长长地叹了一口气后说道："县里连续向农村进行财政投入，也许农村的建设会有更好的发展；如果有些企业发挥出创造力的话，估计也会带动一些大学生回流到镇里，人才回流到城镇就会反哺到农村的。"说到这儿，成江洋又点燃了一支烟，默默地抽起来。成江洋边收着渔网边，自言自语，不管人们在农村还是在城市，抑或是在城市与农村之间流动，最本质的就是人人都在寻找自己的出路，但在寻找中将人搞得十分矛盾，感觉人是糊涂的，又是智慧的，当智慧到了天花板，糊涂也就到了天花板。他就是在这种智慧和糊涂的困顿中找到了自己能够生存下来的一条路径，此时他俨然成了在城市和乡村之间游走的一个灵魂……

说完这些话，一支烟已被成江洋抽完，他提起装鱼的桶，说要做一顿田园风味的野餐给成江河吃。说完他去了不远处的木柴堆处，拿起斧头，劈起了木头……

成江河想要帮忙，被成江洋阻止了："你现在是城里人，这些粗活还是不要着手的好，等我做好了鱼饭，你等着吃就行了。"
他拗不过成江洋，两人说了一大通话，直到成江洋做起饭来，成
江河说去村里转转……

2

　　成江河在村里转悠起来，他迈着轻快的步子迎着秋风在一片
落叶纷飞中，充满忧思地到了成家楼小学，看着曾经上学的小学，
现在里面长满了一地的杂草，正感叹之余，一只牛犊子跑入院子，
并津津有味地吃起草来……

　　曾经，这里是充满了孩童欢乐的知识殿堂，是打破愚昧枷锁
的知识启迪之窗，而现在却是一片杂草丛生、荒凉萧条的景象，
他突然想起了成江洋说的话："现在小学基本没有了，都集中到
镇上了，所以大部分年轻人都在镇上或外出县城买房，那样就可
以让孩子有好的学校上，且能够到乡镇的医院去就医。"他禁不
住又感叹，城市化的发展加快了人们奔向美好生活的脚步，所有
人都奔向城镇去了，这曾经的充满美好回忆的小学，成了一片荒
草地。应该说农村是孕育一切的摇篮，这里怎么会成为贫瘠落后
的地方呢？

　　走在这所萧条的学校，他心底五味杂陈，好似痛苦又好似欢乐，
好似回忆过往的美好又好似对未来充满了期望……

　　过往的充满童趣的生活像电影的情节历历在目，每当课间他
都会去找低他一级的成江湖，也会去找高他两级的成浪河。他想

起有一次放学，德州欺负成江河，成浪河与成江河兄弟两人找学校里最高个、最厉害的人将他收拾了一通，用拳头将德州打得满地找牙。德州已经去了外地，过得也不是很如意，觉得仿佛与德州距离十分遥远。那种天然的童真和美好的感觉是城里的生活无法替代的，他想到这儿叹了口气，想到成江洋说的成江河的小学老师韩秀云已经到了镇上的小学去教学了，他仿佛看见了韩秀云老师那步履蹒跚的身影，禁不住鼻子一酸……

他想起了青胜蓝喋喋不休地说让他们成为像四叔那样的天之骄子的话。多年以后，他历经沧桑，经过了少年时的欢乐，青年时的挫折，终于一番涅槃重生，突破命运的牢笼进入了象牙塔进行了知识的洗礼，进入社会，最终过上了青胜蓝认为的理想生活。但他越发地感觉自己沦为了封闭的囚徒，在日常的工作生活中筋疲力尽，且总是自我迷失，那些生活中的压力，那些人前受到的冷漠、那些受到的侮辱，都让他内心充满了愤怒……

他边游走着，边思索着，不知不觉从学校走了出来，童年的记忆牵引着他向西走去。他沿着小时候玩耍的足迹，游走在这山山水水之中，看着这山这水一种油然而生的情感仿佛山中的狗尾巴草一样在风中缓缓摇曳，这种情感又像开满了篱笆的五颜六色的喇叭花在风中欢乐地摇动着身姿。他沿着小路，顺着缓缓流淌的沟渠里的水往庄稼地走去，顺便摘了几根菜地里的豆角吃了起来。当看到南瓜地里绿黄色的南瓜时，他想起成江海小时候，别人抱着一个南瓜经过他家门口，他就喊着要吃西瓜，跟他一起玩的幸福、光明兄妹俩也跟着嗷嗷地喊起来。他们都要吃西瓜，虽然他们是哑巴，但是他们却用自己的方式告诉周围的人一个甘甜的西瓜对年少的孩子来说多么具有诱惑力！

想到这儿他笑了笑……

他边笑着，边回味着过往的趣事，过了一会儿喃喃自语道，西瓜和南瓜是两种瓜，是完全不同的两种瓜，小孩子怎么就分不清楚呢？

吃西瓜和吃南瓜是两种感觉，而生活过得一团糟和生活过得有品质也是两种感觉。生活过得有品质就要解决好遇到的麻烦，生活过得一团糟就是在痛苦和挣扎中难以自拔，甚至破罐子破摔！

"生活的问题都是自己的问题，因为自己没有看到解决问题的思路！怎样才能穿过黑暗寻找到星星，指引自己前行呢？"

"只有找到了夜空中闪亮的星才能够将心头的阴霾一扫而光，但怎样去找寻呢？"

带着这样的思考，他又在大自然中迈开了步子……

此时，天空下起了淅淅沥沥的小雨，他在雨中漫步了一会儿。不一会儿雨停了。他迎着雨后的彩虹，在一片金黄色的麦田处驻足，看到一群一群鸟儿在麦田里啄食着金黄色的麦穗。他观察了一会儿成群的鸟儿，喜悦地弯下腰捡起一块小石头向麦田扔去，受到惊吓的鸟儿飞了起来……

成江河跟随着鸟儿飞的方向，沿着小路追了上去，累得气喘吁吁。他停了下来，看到了农田的沟渠中的流水，他记起小时候成金杰、成金军出体力挖这个水渠挥汗如雨的情景……此时渠水哗哗地流着，他心头的阴霾也逐渐被驱散……

他年少时孩童们都在这个流水的沟渠里欢乐地玩耍，甚至在里面洗个清凉的澡，像鸭子一样嘎嘎地在水中乱耍一通……

　　他知道，沿着这个沟渠再往上走几步就到了东河边那哗啦啦的小溪流了，再沿着小溪往上就可以上山，山上有一个水潭，儿时他们在水潭中嬉戏，但一般都会被大人给赶下来，因为水深，怕他们溺水……

　　成江河看着雨后有清澈流水的小溪流，他想起了小时候整天在小溪里玩耍的喜悦之感，以及踩在清澈的小溪流中，脚被那些沙子、小石头按摩得发痒且有些痛的感觉，内心飞扬了起来。

　　他驻足在小溪流边，观察着小溪流，禁不住作诗一首：

小溪流

蓝天白云暖阳微风

青山绿树溪水圆石

突然在自然的怀抱中

传来了小溪流"哗啦啦"的声音

用心观察她

不知道小溪流从哪里来

不知道小溪流要到哪里去

也感觉不出她的思念

好似

既没有路途崎岖的埋怨

也没有遇到圆石而缓流的懊恼

更没有因自己轻轻流淌而自责内疚

她很阳光很乐观

她接受着自己也对自己满意

好似活在一个无限美好的世界里

她的生命在不断转变

一而再再而三地重复着流淌

在每一次重复中都迎来了新鲜的生命

永远在当下发出欢快的歌声

哗啦啦，哗啦啦，哗啦啦

……

　　他沿着小路走了上去，看到了一个水潭，想起小时候和海海在这里玩耍的情形。当成江河要举家搬迁到城市时，成江河就在这里对海海说："桃花潭水深千尺，不及海海送我情！"

　　想到这些，他内心好像舒展开了，脸上开出了一朵花。

　　他带着欢乐的心情一口气沿着沟渠爬上了山岭的顶头。当到了山顶后他虽没有"会当凌绝顶，一览众山小"的豪迈，但内心有了很多的舒适感。

　　他迎着清凉的微风，坐在岭头上，看着整个村庄，突然一种感觉涌入心中：大山的人拼命想去大城市，当在大城市又焦虑、郁闷、痛苦时又渴望回到农村，去感受乡村的田园生活。

　　此时，微风吹拂着他的脸庞，内心舒适的他站了起来，捡起一块石头，扔了出去，并大喊了一声"啊"，喊完之后，心中更觉舒畅。

　　他迎着微风，迎着欢乐的心情，回味着过往的美好。

3

他从山顶往曾经种植过的谷地走去，此时他想到了小时候他们在西岭山头上种谷子的情景。记得一次，江河和浪河放了学，两人你追我赶地去西岭的地头找青胜蓝，那时青胜蓝一个人种了四亩地，其中有一片稻谷。他们从山下的玉米地扑着蚂蚱，迎着秋风一路边走边玩就到了金黄色的谷穗面前。

成江河想起了年迈的青胜蓝，此时在城里生活的青胜蓝还一直想念成家楼的生活，特别是得了脑血栓后，更是整天念叨成家楼的好。在成家楼时邻里关系好，她被称为成家楼里的"穆桂英"。成江河道："就你？为什么别人称你为'穆桂英'？"青胜蓝道："你们忘了吗？我一个人种了几亩地，养了几千只肉鸡，还会自己做衣服，教别人做裁缝。"青胜蓝又说道："成家汉子不能，媳妇能，个个都是穆桂英，你大娘、三娘和我，轮流照顾你们瘫痪的奶奶，你们忘了吗？我们三个人在成家楼照顾你奶奶成了一段佳话。"

想起这些，童年的经历仿佛历历在目。

记得成江河和浪河玩斗鸡，被浪河顶到后小腿跌倒在一块石头上，腿骨折在家里炕上躺着静养时，来跟青胜蓝学习裁缝的小姑娘时不时地买些糖给成江河吃，青胜蓝看到以后每次都说成江河这样的行为不好，且不让那些女孩给他买糖果之类的。有一次，成江河听到缝纫机发出嘎嗒嘎嗒的声音，他便好奇地将大拇指的指甲盖放了进去，结果大拇指被针扎出了鲜血，这把青胜蓝吓坏了，便让村医陈淑秀来看。

江河想到这里，突然笑了起来，真是初生牛犊不怕虎啊，竟然用手去碰针。他叹了一口气，道："看来，无知真是无畏啊！"

他又想起了有五间屋是被用来养肉鸡的，养鸡需要一定的温度，为了不让鸡在冬季感冒，也就是得鸡瘟，青胜蓝带着成江河、成浪河从柴火垛处拉来柴火，在南屋的锅底下烧了起来。年幼的成江河和成浪河从没有将这当作干活，而是将其当作玩耍，两人疯狂地拉风箱，一堆柴火慢慢消失，小鸡屋里的温度渐渐升高。青胜蓝看着小鸡在炕上直跳，便冲到南屋对这两个虎头虎脑的兄弟说，小鸡都热得上下乱跳了，兄弟两个跑到鸡屋中看后，哈哈大笑一通。

想到这里，他发出了一声长叹，兄弟两个现在都已经成了家，有了自己的爱人和孩子，他小时候怎么也想象不到自己竟穿越千山万水到了一线城市发展。

他站在西岭的山头，看看山下的风景，心情舒畅，放声唱了一首歌曲："漫漫长路远冷冷幽梦清，雪里一片清静，可笑我在独行要找天边的星，有我美梦作伴不怕伶仃……"

当他唱完这首歌，突然感觉自己像是冷眼看尽世间情，在万水千山中独行，寻找自己的登天路径，从而实现抱负，摘下梦中满天星。

他看着崎岖的岭地，禁不住抬起头来向青天深处大笑一声，仿佛发誓要拥抱美丽，摘下闪闪满天星。

他又情不自禁地唱起歌："提着昨日种种千辛万苦，向明天换一些美满和幸福，爱你够不够多，对你够不够好……"

他走到那片金黄色的稻谷地，看到饱满的谷穗都低着头。成熟的谷穗都是低着头颅，为啥自己经历了这么多，还不能沉下浮躁的心呢？

就在他陷入过往的回忆之时，他看到海海正在谷地里挥着镰刀割着谷子，他大声吆喝一声，海海听到声音先是诧异，而后欢喜，拿着镰刀从地的另一头跑了过来，两人天南海北地聊了起来。

迎着秋风，闻着稻谷的香气，海海诉说着他的喜悦。海海因自己的几个孩子考上了大学而感到无尽自豪，这让海海扬眉吐气，那种对未来憧憬的眼神及言语，让成江河心里有了些许的欣慰。

海海从袋里拿出了准备好的煎饼、大葱以及水壶，吃喝起来，他一边吃东西一边看着金黄色的稻谷，诉说着对孩子未来的美好设想。说到孩子的出息，他觉得十分欣慰，感觉孩子让他生活充满希望。

海海又说起今年他养了许多只鸡，这些鸡都是吃虫子长大的，并说成江河走时，他可以从田地里抓两只鸡让他带着上路，说在城里吃不到这样好的鸡。

成江河看着充满活力的海海，陷入了沉思：他在岁月中辗转歌唱，他一直觉得不甘心。海海之所以这样自豪，是因为有了新的希望。但此时海海不知道的是，人在农村就像一棵自由生长的树，而到了大城市就需要被修剪成社会所需要的样子。纵使在大城市生活再好，内心也不舒适，而从大城市再回到乡村的田园景观中，内心的舒适，好像东边的小溪哗哗地流淌一样……

海海的孩子将来能够发展成什么样？是他的样子呢？还是发展成四叔成金华的样子？

他对海海说，在城市中为生活奔波的人像你田地里的鸡一样，辛苦地在田地中捉虫，虽然在啄食时生龙活虎，但是随着日子的延伸，一不经意就会成为桌上的佳肴，随之而消失在这个无情的城市中了……

海海说他的话有些消极。高深的道理他不懂，但是人不能没有志气，人活着就不能被人瞧不起。

海海说成江河是他一辈子不能到达的高峰，成江河俨然成了海海口中成功人士的典范，但是成江河好像没有建立好自己的人生信仰，总是出现这样那样的困顿。

此时，成江河感觉与海海之间的少年情结随着时光的流逝变成了一种难以名状的隔阂……

他跟海海畅聊了一通后，说晚上到成江洋家好吃好喝一顿，海海黝黑的脸庞露出了欢乐的笑容，说："晚上我弄点好吃的过去。"

4

成江河从山顶处往下走，面对广袤的农村土地仿佛回到了小时候。看到孩子们在广阔无垠的大地上迎着秋风像自己小时候那样畅快地玩耍，他想这就是未开蒙的快乐。当这些孩子受教育脱离了广阔的农村，从大学里奔赴市场经济的洪流时，会不会发现两眼一抹黑？曾经他们的父亲认为千军万马过独木桥后能改变命运，而当发现上了大学并不能从根本上改变他们的命运时，会不会深深地失望？

此时，成江河在田野中跟玩耍的孩子攀谈起来，孩子问他是谁时，成江河突然想起了小学语文老师在课堂上讲的"少小离乡老大回，乡音无改鬓毛衰。儿童相见不相识，笑问客从何处来"的诗句。他问小孩子们在哪里上学，孩子们说在镇上，成江河问他们将来去哪里。他们说将来去县城买房子，让自己的孩子未来能够去县城读书……

青胜蓝将找到稳定工作作为孩子改变命运的唯一诉求。成江河通过自身的努力实现了青胜蓝的愿望，也实现了自己向往的生活，但是他感觉教育的内核本不应该是如此。

教育的内核应该是什么呢？应该是让人获得稳定的幸福吧？！

看着这些孩子，他想起了成浪河，成浪河在求学路上可谓是一波三折，但是他不相信命运的枷锁，凭内心的倔强闯出了一片广阔的天地。

5

就在他陷入沉思，沿着山坡往下走的过程中，恰巧碰见了有才、有干。兄弟两个正在山脚下牵着一头驴，用驴耕地。他看到苍老的他们，年少在河里吃蟹子的他们的鲜活形象再次出现在他的脑海里。有才、有干两人依然生活在原来的老屋子里，至今没有成家，是两个光棍子。成江河问有才："这么多年你种地感觉快乐吗？"有才说："我快乐个锤子，我快累死了，我快乐什么……"

成江河看着有才、有干赶着驴子继续耕地的身影，过往在东河边玩耍的情景再次浮现在脑海中。他感到生活对他们两人是残酷的，这些年他们是否也像他一样一直是在恐慌中度过的呢？不想种地，但是没有勇气走出这巴掌大的地方。

他从田野又走入了成家楼的村庄，当看到村大队门口的墙上印着"乡村振兴"的字样时，他心里越发地感觉到这个战略的伟大。

他带着自己的沉思回到了成江洋的家，此时正赶上成江洋手中提着一个菜篮子从门口的菜地里回来，他对成江河说这些都是原生态的产品，不是那些使用了大量的化肥农药除草剂的蔬菜。成江洋说他瞅准了商机，在成家楼种植绿色蔬菜可以从城里人手中赚取一些种地换不来的钱财。同时，他说他已经将鸡、鸭、鱼之类的做好了，都在铁锅里焖着呢！晚上兄弟两个好好喝一顿。

6

夜晚他们吃起了这些有机蔬菜及鸡肉，两人想到小时候大队门口的宽大的黑板上"建成小康社会"的标语。

他们感到未来这个破落的小山村也能够振兴起来。如果真的能够振兴起来，那么就不会像城市化那样内卷。疲惫的成江河再次回到农村，享受这种自然的生活方式，回到小时候那种无忧无虑的生活，那该多好。成江河记起在大学学时政理论时，老师在课堂上讲"三农"问题，说中国的根在农村，农村、农业、农民是中国发展的基石，而中华民族的发展本来就是一个农业文明的发展历程，并说如果能够将城里人与乡下人联合起来创业，形成大众创业、万众创新的空间，让经济的发展就像万马奔腾一样，才会有美好的生活……

两人煮酒论前途，说起成树林未来会不会进入乡村振兴的行列时，成江洋说从事农业所获得的回报太低，成树林毕业应当去大城市从事收益更高的工作，还想回到农村？

兄弟两人聊到很晚，几瓶啤酒下肚后，成江洋踉踉跄跄迎着月色从院子里进了屋内，一觉睡去了。而在院子里看着明月的成江河，又陷入了精神内耗。

他想起以往他们在成家楼东河边的小溪流玩耍、在泥土中玩泥巴的情景，那时虽没有任何见识，但他们爱玩的天性与大自然完全结合在一起，让他们身上有一股天然的生命力。

而此时，为啥都这么蹉跎呢？

"怎样才能穿过黑暗去寻找到夜空中最闪亮的星呢？"

他对着明月一口一口地喝着啤酒。在醉眼蒙眬之时，他禁不住作诗一首：

把窗儿打开

让月亮进来

划起荡漾的双桨

让小船驶向月亮

载着虚幻迷离的梦

向天空拔节

应该打碎的是梦

不应是真实的自己

真实就像泥土

纵使没有山的激昂

但有泥土的芬芳

生命的真实为什么不能像水塘

懂得贮存

而不吝啬流淌

第十八章　路在前方

1

在去大姑家的路上，成江河想起海海那坚定的话语，仿佛如果再让他活一次，海海一定是充满激情的开拓人，当开拓到一定地步时，他会成为什么样的人呢？可能摆脱贫困是容易的，但是要想成为一个成功的人是艰难的。

当他到了大姑家，便与大姑、二姑、三姑聊起了家常。大姑对成江河说她习惯以往家家户户相互帮忙的那种有热乎儿劲的农村生活，她初次到城里生活很不适应，感觉外面人情冷漠，内心的热乎劲儿荡然无存；又说她年龄大了，话多怕年轻人听了说她爱唠叨。后来成江河对刘浪说了大姑的话，刘浪听后道："现在和原来不一样了，原来在农村什么事都相互帮忙，人多力量大，而原来的生产力和现在的生产力不一样，原来的生活方式和现在的生活方式也不一样了。"二姑生活依旧如故，在那巴掌大的一片天享受着美好生活；而三姑却忙碌多了，她不仅要照看表弟的孩子，还要照顾在家种地的三姑父，小孩精力旺盛，年迈的她没有那么多耐心和精力去照看，她说，看完这第四个孩子算是解放了。

车辆驶入了县城，县城里人来人往、车水马龙，此时成江河不由得想起进了城的大姑说的话："每个人在这个世界上都在经历着一番困难，要是我们和你娘当初能上学，我们现在一定也在大城市了。你们还年轻，好好干，人这一辈子是要吃点苦，不吃苦活不出精神头来。"

"人难道生来就是吃苦的吗？为什么不能一帆风顺？"成江河笑着道。

"生活哪会一帆风顺！"大姑话锋一转，道，"贾宝玉生下来是在安乐窝里，不仅吃喝不用愁，还整天在温柔乡里，虽然他富贵，生得一副好皮囊，可家道败落，自己出家了。所以，你们男孩就得在事上磨，你看你大哥，每天起早贪黑地带着一帮人在忙，要是怕吃苦，早就闲下来休息了。"

大姑家大哥可谓是男子汉大丈夫，他虽然学历不高，但是领着一帮人干工程。他务实，很少有情绪，想尽办法解决各种问题，给跟着他干的人发足够的薪水，让大哥有了威望。

大姑、二姑、三姑虽然没有什么文化，但是她们对自己的境遇及生活感觉很满意，通过谈话能够看得出她们很快乐，与家人及乡里乡亲的相处也和谐，而他在外呢？

怎么这些长者，没有文化，却能说出这种大道理来？这让读过书的成江河产生了疑惑。

大姑说她们三个姐妹还是比较幸福的，经常一块儿聚，一块儿唠家常释放一些情绪。《道德经》说得好："万物负阴而抱阳，冲气以为和。"成江河现在是有一些人生的迷惑，处在困顿时期，且时不时地流露出忧郁，俨然在"负阴"中，但外在有了一定的物质条件可谓已经向阳了——在城里过上了稳定的生活；但是他内心确实忧郁不已——总是有一种无名的情绪在左右着他，正所谓"负阴而抱阳"，他得为自己充点气了——他得让一股精神气进入自己的身体，让身心与外物和谐起来，即所谓"冲气以为和"。

告别了亲人后，汽车一路向前，穿过了一排排高高的白杨树，成江河想起了海海的话："我是男子汉，我在哪里摔倒的，就在哪里爬起来！"此时，生活正对海海千锤百炼，估计按照这样的状态海海是走不出成家楼的，因为他虽有一股热血，但没有路子。但海海深信未来农业的现代化会给他插上腾飞的翅膀，且自己的孩子将来考入大学能改变家族的命运，未来是充满光明的。想起海海处在巴掌大的一片天，一辈子像毛驴拉磨一样，还有这样的希望，他还有什么可忧郁的呢？还有什么可怕的呢？于是他迎着太阳，写了一首诗：

若能彩云为衣
以霞光为带
着赤橙黄绿蓝靛紫
乘风破浪
呼啸而来，奔腾而去
像飞龙在渊或在天
无拘无束
不惊不畏不虑

经过一劫

如过一山
正如
历事给你以智慧
阅物给你以启迪

人生是一趟旅行
旅途中
有沙漠也有绿洲
有山川也有海洋

真正的心
像大风发于长合
长驱万里过万物
像勇士视死如归
生又何所?
去又何惧?

2

多年以后，当成江河再次见到何晏，何晏带他到了原渣滓山处，回忆起当时成江河高考落榜后两人畅谈的那个清晨，此时他们坐在消失的渣滓山的山脚处。

现在成江河已经找到了人生的路，而渣滓山经过时间的洗礼已经荡然无存。何晏这些年来也是进行了自己出路的思考及尝试。何晏抽着五块钱一包的香烟，诉说他一路的经历，好似透露着一团愁云惨雾般的迷茫。

"我是一个孤儿，"他用低沉的声音说道，"我没有依靠，只能靠我自己。这些年我也在寻找我自己的道路。"

他看着消失的渣滓山叹了一口气，他说这么多年，其实他一直在寻找他的依靠，也就是爱，但他发现他寻找来寻找去，甚至他现在结了婚，有了孩子，也没寻找到爱，他寻找到的是一团乱麻的生活。

何晏看着成江河问道："你知道什么叫爱吗？有女人爱过你吗？你爱你自己吗？"成江河脑中迅速出现了两个女人：秋雅、刘浪。秋雅曾在他困顿之时给予他莫大的帮助。从青春期开始，他与刘浪的生命便连接在一起，他的忧愁苦闷、孤独，刘浪都一清二楚，且一直给他勇气，是刘浪开导了固执的他，让他到了大城市塑造了一个新的自我。这是什么呢？是爱！

此时他又突然想起了刘浪让他要正视现实。"如果你没有力量去解答你的问题，就将它当作一个课题来处理。这样就会有力量及智慧开启意识的大门，那时你将会坚定信心和希望，因为真正的主人是你。只有脱离了你潜意识的魔咒，你才能够拥有真正的自我意识。"他们两人在时间的长河中成为彼此的依靠。直至有了孩子两个原生家庭也一直在碰撞，他认识到了两家的差距，也同时感到了自己思维的局限。思维的碰撞使他们的感情逐渐坚固，他确信这就是爱。

何晏听完后说："你现在是否还想跟我去吹吹风？我们可以迎着风说说心中的梦。"成江河笑了笑，突然想起了他在大城市时写的一段话，写那段话时他有无尽的困惑，也想到了当初自己在渣滓山时与何晏诉说路在何方的畅想，那段话是这样的：

夕阳西下，闹腾的一天已化作一抹余晖，挂在天边，像雨后的一道彩虹，连接着白天和黑夜，慢慢地变成了夜色。此时，江边，微风拂面，驻足时空，轻捻时光，发现一切都是那么快，如白驹过隙，稍纵即逝。蓦然回首才发现，她已悄悄走远。不远处，一个歌手拨动着吉他的琴弦在动情地唱着一首歌《想和你去吹吹风》。"想和你再去吹吹风，虽然已是不同时空，还是可以迎着风，随意说说心里的梦……"不知是他唱得动情，还是自己感触很深，自己的思绪竟飘得很远。

人在岁月中流转，慢慢地演变成了自己熟悉或不熟悉的样子。孩提时代的童真，少年时代的欢畅，青年时代的奋进，中年时代的奔波，感到人在时间、空间的分水岭处，被分到了各个角落，慢慢出现了形式各样的情感。为什么会有这样的情况呢？人们解释得清的叫成功学；解释不清的，自然将其归结于命运。其实，深入挖掘下，会发现时间有过去、现在和未来；人有潜意识的自己，自己的现状，希望成为的自己。自己的现状是自己现在的模样，潜意识的自己是一个顽固的人且喜欢较劲，希望成为的自己像大海里航行的巨轮需要远处灯塔的指引。所以，人都是矛盾的结合体。有的一帆风顺，而大部分人都平平淡淡甚至有难以名状的无奈，以致出现了各种不同的观点及情感。不可否认，人是渺小的，渺小到没有谁在乎其感受，以至于出现了情的可贵，与其说情，不如说是一种自我的慰藉，就像这首《想和你去吹吹风》的情怀一样。也许歌曲表达的，就是人类最美好的东西。

他对何晏诉说了当初写这段文字的心境，他时常想和何晏一起去吹吹风，再一起说说心里的梦和心中的苦闷。何晏听后，说晚上大鱼大肉吃起来，喝他个十八碗酒，说他个滔滔不绝。

夜晚，成江河和何晏喝着酒，感叹时间过得太快了，社会发展太快了，喝到尽兴时，成江河吟诵起了"君不见，黄河之水天上来，奔流到海不复回。君不见，高堂明镜悲白发，朝如青丝暮成雪。人生得意须尽欢，莫使金樽空对月。天生我材必有用，千金散尽还复来……五花马，千金裘，呼儿将出换美酒，与尔同销万古愁"。吟诵完毕，说要喝他个山高水长。

何晏感叹说大城市的人就是有文化，还会作诗，成江河发出了一通笑，告知他这是李白的《将进酒》。此时在一边玩耍的何晏的孩子插话道，李白也是一个游戏角色。孩子的话让成江河感叹时间过得太快，何晏的孩子也快和何晏一样高了。何晏怒斥了孩子一通："你除了跟游戏亲，还跟谁亲？！"

孩子见爸爸生了气，便一溜烟儿地跑了出去。何晏感叹："现在手机对于孩子来说比亲爹亲娘还要亲，孩子为了玩手机打游戏差点儿都跟我们闹掰了！科技改变了生活，但孩子对手机十分依赖，手机上乱七八糟的东西对小孩的心理影响极大，现在一到假期眼科医院的生意好得不得了，很多小孩子都要去配眼镜。我们小时候哪有这些高科技的东西，一放学就骑单车或打篮球，现在孩子一下课就回来打游戏，吹空调，很多男生娘娘腔，没有阳刚之气。"

发了一顿牢骚后，何晏又说道："现在随着孩子的长大，我也在自我反思，怎样才算是一个人？你说我是一个人吗？"他喝了一口酒后又道："我是一个活在尘埃里的人，我在寻找着我心中的爱，也许寻找到了我心中的爱，我这个人就是真正的人了。"

何晏又说和孩子的妈已经离婚了，孩子他妈是一个与众不同的女子，她能给何晏一种不一样的感觉，这个女子给予了他内心极大的鼓励，他渴望和她在一起，希望她成为他天长地久的伴侣。她被何晏的真诚打动，她接受他的那一天，笑了，笑得那么甜。当她跟何晏一起生活后，何晏发现了这个女子各种缺点，生活中什么也不会，只有各种牢骚与攀比，于是，何晏对她的兴趣转化成了厌恶与冷淡，两人争吵不休，最终离了婚。孩子留给了何晏，女子走得很干脆。于是，何晏思考他该怎样走好自己的人生之路？他说，他缺爱；他说，他是为爱冲锋的勇士……

何晏与成江河碰了下酒杯，又喝了几口酒，说到他是迷途的羔羊，发现所有的美好只是自我的想象。同时他发现人与人之间真的不同，头脑里建构的东西完全不一样，他评价自己就是下三烂，有时，他感觉自己很廉价，但这也不能怨他，他也很无奈……等有一天他明白了什么叫爱，他也就是一个真正的人了。他相信他会在沉重的生活当中，在自我试探当中，在自我反思当中，在被生活锤击当中找到爱，虽然他已经深入尘埃之中生存。

成江河的世界很孤独，孤独到只剩下自己，而他又受外界的干涉，所以他很无助，因为孤独没有了理性，只有无限的情感。他一直告诫自己：只有自己才能拯救自己，没有人可以给予他力量，所以他孤独就是因为他没有自救的能力。

成江河想起了他去看望成江海和成江湖两家子的画面。兄弟两人各自成了家，一起开了一个餐饮店。"兄弟一心，其利断金。"虽然妯娌之间有些小矛盾，但也相安无事。他们开的餐饮店还算是风生水起，兄弟两人在忙碌之余会健身，他们认为身体强壮起来，便可以抵挡消极情绪，不会将自己裹在一团愁云惨雾里。当成江湖展示他的身板时，显露出了胳膊上的伤疤，于是问道："你回成家楼去西岭大斜坡了吗？记得小时候我们两个人一起骑着自行车，从大斜坡往下，我为了享受从斜坡往下的畅快，没有捏车子的闸，最终我享受到了畅快，但在下坡处车子钻到了沟里，造成了这只胳膊骨折。"成江河想起成江湖摔到沟里以后，找了在农地里干活的一辆拖拉机拉着他到镇上的医院去打石膏的情景。好了后胳膊一直伸不开，且有一道长长的疤。成江河从成家楼转学到城里以后，在学校里说胳膊是在以前的学校跟别人打架让别人用刀砍的，因为个头高大，加上说话时粗里粗气及能动手尽量别唠叨的处事风格，让学校的同学心惊胆战。一些孩子跟他拉帮结派，久而久之他无心学习，成了学校里的"老大"。

　　成江湖又说这些年他和成江海干过汽车维修工、卖过菜，也倒卖过食品，在成家以后，感觉还是民以食为天，于是兄弟两人拧成一股绳，合开了一家餐饮店共同面对生活的窘迫。就像当初成金顺领着一大家子开公司那样猛干。此时成江海喝着酒说道："哥，我认为人这一辈子能晚成功别早成功，早成功把人身上的那股劲儿给挥霍掉了。想当初我在学校也是风光一时，但走入社会后被重重捶打，这么多年再也没有过过往的辉煌，所以说早成功不如晚成功。试想当初如果我能够好好学习，那么现在可能也会过上哥你这样的生活。"成江河听了他的话，也吐露了心声，他现在过得也不轻松，虽然衣食无忧，但确实在寻找新的出路，内心困扰不已，那种困扰就像深夜里吹来的寒风，冻得他瑟瑟发抖。他几经寻找人生的路径，甚至考虑起人生的意义，寻找来寻找去，仍然很茫然。

成江海听了成江河的忧愁，喝了一口酒说道，人生有意义也好，没意义也好，他照样和他哥开餐饮店。要他说意义，他伸出了一个拳头，说年轻的时候凭力气赚钱，此时拳头张开在空中抓了几把，他也想赚到了钱，领着老婆孩子去看一看世界的繁华。但现在没办法，跟成江湖一块儿开餐饮店，生活把他们困住了，孩子也把他们困住了，老婆把他们困住了。

成江湖喝了一口酒，说到人生的意义，他们读书少没文化，但是整体来说，人活着还是要有心劲儿。

曾经他在学校里打架有心劲儿，到了社会上被社会捶击，没有了心劲儿，但是校花心里有他，给了他爱和支撑，让他感觉到，必须对生活有期待，他必须要扛起生活的担子，他必须要往前走。他觉得人生的意义就是有人爱，有所期待。

当成江河对成金军说到成江湖、成江海练就了一身大肌肉时，成金军笑了笑说道，他们是赶上好时代了，赚了钱成烧包了，他年轻时开着拖拉机拉石头，哪里还用花钱去健身？搬石头就能让他像铁牛一样，花那些钱不如多干点体力活。看着孩子有了自己的好生活，成金军也惬意起来了。成金顺公司破产后，各个兄弟是八仙过海，各显神通了。成金杰延续了干建筑的老本行，还是能够混口饭吃。而成金军在家和程金珍开起了餐馆。一天夜里，成金军忙碌了一天，精神有些萎靡，而程金珍突然一股无名火不知从哪里冒出，不停地指责成金军："年轻时就跟着你受苦，在成家楼种那一亩三分地，夏天炎热时，也要到地里收拾庄稼，好不容易来到城里过上两天好日子，结果就跟着你哥欠了一屁股债……"

"你二哥对你好，让你干装修，干来干去你将家里的老底都干没了，你们一群败家子！你们真是一群窝囊废！"程金珍这样不停地发着满腹牢骚，仿佛在诉说着命运之神对自己的不公，感觉所有人都负了她。这让疲惫的成金军气不打一处来。

成金军没有吱声，只任凭她的牢骚在空气中飘浮，他用饼卷了几块猪头肉，拌了一盘黄瓜，喝起了老酒。

此时，程金珍见他像个闷蛋，不吱声，更加气不打一处来……

程金珍唠叨个没完没了，像唐僧念紧箍咒一样。一向好脾气的成金军在她的埋怨声中多喝了几口小酒，已经变得不再清醒，他醉眼蒙眬看着这个租来的房子，看着这个破落的家，想起了两个在外面闯社会的不听话的孩子，又想起了成江河、成浪河都去读大学了……

他突然站起来，朝程金珍大吼一声："你有完没完，你看看咱二哥家，人家也没落了，但是两个孩子有出息，而我们呢？"

"你看看江湖、江海两个孩子你是怎么培养的？现在都往斜道上走了！你看咱二哥的两个孩子，二哥也没培养都是二嫂培养的，你为啥不比比这个？！"

"你这一整天发浑，发什么浑？！"

看一向老实的成金军发了火，两人吵起来了。成金军想到两个孩子本来多好的苗子，现在差点儿就进黑社会，于是两人吵得更凶了，并动起手来。成金军打了程金珍一巴掌。程金珍一看以往一直对她好的成金军动了手，立刻哭爹喊娘，给成金顺、青胜蓝打电话，青胜蓝接到电话，火急火燎地赶了过来。

青胜蓝劝解半天，见两人仍不肯罢休，便冲着成金军怒骂了一通："你是什么男人？你们成家就没有男人打女人的先例，你还算个男人吗？！"

"一晚上她的嘴是一刻没停，说我们一家子都是窝囊废，然后又说些伤人不中听的话，让人着实生气，家是一个人奋斗的吗？"

程金珍说："你没有本事就没有本事，别打肿脸充胖子，别闲着没事装大尾巴狼！"

成金军一听拿起毛巾就打在了她的脸上，青胜蓝也火了："你穷你自己出去挣钱去，打什么老婆？！穷疯了是怎么着？"

成金军此时怒火中烧，受一个人的气就够了，现在竟然两个人合伙来欺负人，于是拿了毛巾又向青胜蓝砸去……

第二天酒醒后，成金军感觉有些懊悔，想起程金珍跟着他一路不容易，跟程金珍满院子道歉。程金珍有满肚子的委屈哀愁，但想来想去，成金军再无能，对她还是挺好的！

每当乡里有人问他们孩子现在在干什么的时候？成金杰不说话，成金顺说两个孩子在上大学，而问到成金军时，成金军说两个孩子在正儿八经地闯黑社会。问的人听了他的话大笑一通，"成金军你太搞笑了！怎么这样说自己的孩子！"

成金军说："孩子大了不由爹，爱怎么着怎么着，我该说的说了，他们该做的做了，不听我也没办法。"

现在成江湖、成江海走上了自食其力的正道，也组成了温馨的家庭，这让受了大半辈子苦的成金军内心踏实了起来……

　　成江河不由得神思又回到了过往。当他再次回过神来时，听见何晏说道："我这么多年一直在寻找爱，只有寻找到爱这种力量才能找到我人生的意义。"

　　何晏肯定了成江河是一个富有进取心的人，因为他自己有所困惑，就等于他在往前走的路上。人们常说失败是成功之母，失败了以后重整旗鼓，然后继续前行，就能成功。但对于何晏这样的人来说，成功是成功之母，因为成功了他才能在苟延残喘当中找到力量，才能继续去探索未来。

　　就在那个夜晚成江河与何晏喝完酒后，在睡意蒙眬之间写了一首诗，他相信未来他会有所成就，他将自己内心的感觉与对未来的期待写了出来，用那些文字聊以慰藉心灵上的困惑与焦虑：

> 连绵群山峰为巅，层峦叠嶂山如川。
> 细雨蒙蒙遮人眼，冷风瑟瑟灌心田。
> 风雨雷动空山涧，翻云覆雨在青天。
> 万里晴空万里雄，万里雄壮秀山川。
> 若待到山花烂漫，万紫千红遍山巅。
> 待到山花烂漫时，她在丛中笑如靥。

第十九章　觉醒后的体验

1

　　回到海洲后的成江河夜晚坐在茶室的椅子上，看着皎洁的月光，回想他回老家一趟见到的陪他长大的各位长辈、兄辈、玩伴，禁不住陷入了沉思。他在深思之中好似从平凡无聊而无力的生活中发现了一种开启智慧生活的路径。在兴奋之余，他穿上运动鞋走出家门进入了夜色。

　　夜色中他快乐的身影，仿佛在宣告以往平凡而无趣的日子已经过去了，他的精神状态回来了。此时，他的身躯焕发出精神的光辉，从远处望去他身上仿佛有道明亮的光，好似在成家楼山山水水中玩耍的那个小孩子又回来了。

　　他看着明月照耀的海洲，把整个海洲当成了成家楼的那个快乐村庄，海江的浪花滚滚成了成家楼东边清澈的小河，高耸巍峨的青云山成了成家楼雄劲的东山岭，而代表海洲的五指山也成了西岭的后花园，象征城市的雕像就像爷爷奶奶沉默的身影一样，矗立在那高高的山头上……

　　这大城市不就是成家楼的延伸吗？如果说城市与成家楼有什么不同的话，那就是城里一代又一代人经过奋斗后形成了现代文明，那城市的霓虹闪烁，车水马龙，高楼林立，那一个个从农村及城镇通过一路拼搏而到城市的大海遨游的学子，正在挥洒着奋斗的汗水，为了实现美好的人生在城市中担当着、积极作为着。城市也为生逢其时的青年，提供了无比广阔的施展才干的舞台，让他们的前景无比光明，正是有他们这些青年及人们的辛勤奋斗才有了城市的巍巍巨轮乘风破浪、行稳致远。

　　想到这儿，他迈着欢快的步子，看着翻腾的珠江水好似奋斗的精神与大自然完全融合了。

　　他爬上了巍峨的高山，在夜色中看着整个城市的灯火辉煌，突然有了生命如此美好的感觉。他又想起了在成家楼时青胜蓝告诉他们兄弟两个的话："人要有志气，冻死也要迎风站着，饿死不弯腰！"那时母亲教导的话，深入他的骨髓。"我对你们两个没有什么要求，就是要好好学习将来像你四叔一样有一份稳定的工作。"

　　这些年的生活、工作经历告诉他，空谈只会误事，母亲青胜蓝一辈子就活在自怨自艾中，遇到事情担惊受怕毫无意义；而唯有自信自强、踔厉奋发，人才能勇毅前行。在成金顺公司破产，全部家产挥霍一空后，他到了煤矿挖煤，在承受身体和精神上的万般苦头的同时，他每天凌晨两三点钟还不睡觉，迎着走廊处的灯光，披着草绿色的大衣，挑灯夜战、奋发学习。因为那时的他心中有一个信念读书是自己唯一的出路。而其他工友没有了信仰的力量，没有勇毅前行的干劲，最终在挖煤中挖出了天黑地暗的人生。现在回想起过往就是因为他的不甘心加上他为之而奋发的行为，才有了后来的他！

他点了一支烟，脚踏着这座巍峨的高山，看着珠江在夜色中滚滚而来，脑海中突然出现了一句话："泰山不拒细壤，故能成其高；江河不择细流，故能成其深。"

日常生活的压力或情绪就像一些细流，有浑浊的，也有清澈的，当他在压力或突如其来的感觉面前，一阵阵的自我惊吓像浪潮一样袭击着他的心，如同澎湃的江水击打着江岸……

之所以那样焦虑，可能是因为他母亲青胜蓝有封闭的思想，但青胜蓝没有看过世界，没有用脚步丈量世界，也没有认识世界的能力，而他呢？

他走的路跟母亲青胜蓝完全不一样，他通过学习有了认识世界的能力，他立足现实，突破自我。不能年纪轻轻一遇挫折便懈怠，日后怎么成大器？！做人要大度些，不能让情绪停留在胸膛中，而不迈出解决问题的步伐。做人是如此，做事也是如此。

他沉浸在这种思考中，过了一会儿他喃喃地对自己说道："你的名字是成江河，成江河胸怀要像大海那样宽广，要让生命澎湃万里，不积小流不足以成江河，要成为大江大河就要不惧怕任何污水冲击！江河要奔腾入海，既然目标是大海，那么江河必须要有无尽的气魄，前行也必须带上灵魂瑰宝！"

他在那夜幡然醒悟了。

从那以后他够有了一颗从容的心，以开放的心情去游览大好河山。从那以后他仿佛开辟了一条金光大道，他能够感受到春天的生机勃发，夏日的凉风习习，秋天的硕果累累，冬日的暖阳和煦。

在他成为一个新的自我后，他发出了一阵怅然："不要活在对别人的期待之中，那样你就会陷入自我纠缠中，你有你走过的路，你有你成长的路径，要对走过的路予以肯定，要对自己通过努力而获得的成就表示肯定，要自信自立！过往你之所以困惑，是因为你有你的想法与计划，世界有自身的发展规律。"

此时，他不再处在自我矛盾中。

2

一天清晨起床后，阳光明媚，天气有些寒冷，成江河换上头天找出来的厚衣裳，看着镜中精神抖擞的自己，禁不住作诗一首：

昨日
冷风飞雨渐
洒滴天地寒
今日
疲惫卧床醒
醒来衣襟添

他心情极其愉快，好似获得了重生。他现在可以高高兴兴地过好每一天了，他可以每天内心很平静很快乐地做好手头每一件事情，就像他在顿悟后写的感受一样：

　　流逝的岁月，因经历而美丽，浅浅忆，淡淡念；远去的光阴，因经过显丰盈，远远望，默默藏；行游的当下，因快乐才纯粹，且行，且珍惜。

　　脏的东西，在碗中，很脏，如在大海，则什么都不是。心若为大海，包太虚，量周沙界。任何不好的事，算得了啥？

　　要有一种感觉：这种感觉要像清晨一起床，看到明媚阳光，挺高兴，说不出有多舒坦，说不出有何等惬意和愉快！

　　清晨他走出家门，从封闭的空间中走出去，发现蔚蓝的天空中白云在快乐地游走，江水在奔腾，闪着晶莹的浪花奔向大海。他突然变得有说有笑，与江边玩耍的妇女及儿童聊天，好似一种无形的力量油然而生。生命哪有那么复杂，什么生命的底色是黑色的，人生是苦的，这是一种负能量的声音。

　　他仿佛敲开了自己的心门，因为自己在房间里睡得太久了，他睡在虚幻中，睡在过往的快乐童年中，睡在对现实不能突破、不能正视的无助中，他敲着门，他自己开始醒了……

　　成江河自从思路打开以后，精神气好像回来了，他走在城市的街道上，看到城市的灯火辉煌，想到这儿就是人们奋斗改变人生的地方，便开始主动融入城市的生活。

　　他在积极的生活和工作中又回想起了自己过往的经历，他仿佛成了青胜蓝。青胜蓝在进入老年以后，开始喜欢责怪别人，她小时候没有上学，不识字是因为父母的问题；中年跟着成金顺到了城里本想享几天福，但公司倒闭以后满口都是"成金顺是个败家子"，她的双眼一直凝视着外在的事物，从来没有反思自己。

她如果人格独立，便可以在生活中逆风翱翔，可以给压抑她的生活有力的回击。但她只盯着外在的事物发泄自己的情绪，表达对命运的憎恨，抱怨命运对她的不公。她做的唯一正确的事情就是认识到学习是成功的途径，并将自己的真知灼见，传递给孩子们。当成江河和成浪河考上大学、考上研究生的时候，青胜蓝的喜悦胜过了成浪河和成江河。她仿佛感觉到孩子的成功就是她的成功。她在孩子身上付出的情感，终于得到了回报。当孩子有了自己的家庭，青胜蓝到孩子家处理婆媳关系的时候，她用固有的认知来指挥着家里的一切，当受到年轻一辈的反驳后，她便出现了一种不满和委屈，恨养儿子还不如养闺女，有时候还会流下委屈的泪水。

成江河在婆媳矛盾中，看出了两个家庭价值观的不同，于是他说："你们回老家享清福去，想来的时候就开开心心来，不想来的时候就不来，我们也不强迫你们。儿子还是好儿子，儿媳还是好儿媳，不能让这种悲观的情绪在整个屋子里蔓延。"他话音刚落，又受到了青胜蓝的埋怨。

现在醒悟过来的成江河笑了笑，他似乎看透了一切。他对青胜蓝以及其他人的责怪，一方面是因为他没有建立起耐心，而对任何要达成的目标都需要耐心。而且一个人要自律，自律就是要对抗生命的懒惰，要将懒惰后面的恐惧揪出来，直面困难。

下午他陪孩子做了一下午的作业。孩子认认真真地将作业做完，并将自己不理解的知识用笔一一圈出来，耐心地听成江河讲解。当成江河去参加孩子学校组织的歌咏比赛的时候，看到孩子们脸上洋溢着笑容，他想到这些孩子将来会到社会中扮演各种角色，有的人会像他这样，有的人会像成金杰、成浪河、海海、成江湖那样。突然，他脸上的笑容凝固了，他回想起了成浪河的话：
"不要害怕，不要后悔，没有人会可怜你，没有人因你悲伤而悲伤，
能驾驭你的唯有你自己。"此时他明白了：驾驭自己前提是一定
要自律。人们能坐着就不愿站着，能赖床就不愿早起。能吃好的，
就不愿吃不好的，而形成自律就是要克服一些东西，要有节制，
要有耐心，要有规则。

　　"爱你孤身走暗巷，爱你不跪的模样，爱你对峙过绝望，不
肯哭一场，爱你破烂的衣裳，却敢堵命运的枪，爱你和我那么
像，缺口都一样，去吗？配吗？这褴褛的披风，战吗？战啊！以
最卑微的梦，致那黑夜中的呜咽与怒吼。谁说站在光里的才算英
雄……"孩子们唱歌的声音传入他的耳朵，他瞬间提起了精神，
他自己、成江洋、成江湖、成江海不是英雄吗？成金顺、成金杰、
成金军，他们不是英雄吗？还有何晏、海海等这些人他们不是英
雄吗？

　　他们都是英雄，只不过在生活的锤击之下，他们迷失了方向，
在生活的重压之下苟延残喘、麻木不仁地活着而已。

　　此时他又想起了成浪河的话："人唯有抓住知识的光芒，才
能打破愚昧的枷锁，才能避免在人群中走失，才能从跌跌撞撞的
孩子，成长为自立自强的人。"

　　成金顺成立了建筑公司，他似乎拥有了改变世界的力量，但
他审视内心了吗？当公司破产以后，他整个人陷入自我怀疑当中，
时不时地用麻将麻痹自己。

　　当孩子唱完歌曲全场响起热烈的掌声的时候，成江河心中充
满了一种前所未有的喜悦，他无法用语言表达这种喜悦。看到朝

他做鬼脸打招呼的女儿时，他脸上开出了灿烂的花朵。此时他仿佛看到了孩子的未来，孩子也要走一段迷茫的路，经受一番挫折，才能够体会到人唯有成熟自律以后，才能够更加扎实地做好一系列的事情。因为唯有成熟才能够有砥砺前行的力量，这是他在一番挣扎越过困难之后发现的精神密码。

他们已经挺过了生活的层层重压，一切都会好起来的，他坚信未来会越来越好！

<h1 style="text-align:center">3</h1>

自从精神世界重建后，成江河便全身心投入每一件事情中，仿佛可以酣畅淋漓地奔跑。他对刘浪说："我仿佛找到了与世界连接的方式，不再处于和世界平行或偶尔有交叉的疏离混乱的关系了。"刘浪听后感到欣喜，她说她能感觉到。

"为什么？"

"因为你不再处于那种精神游离的状态了。"

"是吗？我之前是处于精神游离的状态吗？"

刘浪说，过往他在家中眼里看不到任何活，地脏了不扫，垃圾堆积漠不关心，油瓶子倒了不扶，等等；他仿佛与生活隔离，只处于游离状态的精神内耗中。就那样，他慢慢地失去了朝气蓬勃、欢乐的气息，只觉得家人不理解他，工作单位的人不理解他，有的只是满嘴的抱怨，好似一个要发作的精神病人，要么对自己有无尽的怀疑，感觉所有的事情都是自己的原因造成的，要么就是怪外界，所有的不如意都是因为外界的人对不起他。而近段时间，到处都闪现着成江河积极作为的身影，在面对事情时从没有出现过糟糕的情绪，特别是在跟孩子交流的过程中，更是有了无尽的耐心与韧劲，好像将过往的蹉跎一下子抛入了无穷无尽的大海。

"以往我没有迈出步伐是因为一个怕字，觉得自己在现实中没有胜任工作的能力，而现在我仿佛将这种惧怕拿出来在阳光中暴晒，以问题为导向，发挥自己的才智去解决问题，在实践的过程中，仿佛发现自己越来越有自主感及胜任感了，仿佛认知指导了行动，而行动将恐惧变成了平静。"

"看来人还是要斗争，唯有斗争才能消除内心的烦恼。"

工作中成江河也表现出了前所未有的积极性，他不再以外部考评、晋升为参照物，不再在向领导汇报情况及打招呼时显得坐立不安，而是表现出了极大的进取心和自信心。他为过往的手头工作建立了清单，将每一份工作都从源头到结果进行了分析，遇到涂磊等领导的严厉指责也不再找各种借口来为自己辩解，向领导汇报情况时总是能够提前准备且将所有的事情全部了解透彻。

短短几年里，他因工作表现突出，获得了涂磊等领导及同事的好评，晋升为单位领导。

回首过往，发现他有急于求成，想走捷径的想法，于是遇到挫折便怀疑公平的问题，感觉全世界都负了他。他太在乎外部评价体系，他感觉外部评价体系都是在控制他，比如所有的考核都给他套上了"内卷"及精神内耗的紧箍咒，未得到预期的外在评价时，就开始心理内耗。而此时他心门打开后，感觉有了更多的责任，要踔厉奋发。他算是沾了时运的光，在自强不息、发愤图强下有了不错的发展，能够获得稳定的收入，在休假之时可以去游览壮美的大好河山。当他的内心不能舒展时，回了老家，寻找童年欢乐的印迹，还去四处旅游了解各地的风土人情，比如他在云南山沟里看到了当地的赶马人，他们钱不多，但整天一路歌唱；他在东北看到鄂伦春人养着驯鹿，住着下雨天能灌进雨来的草屋，他们都觉得很快乐。他顿悟：这个世界上有钱不一定使人快乐，有地位也不一定使人快乐，因为钱和地位是外在指标，只能让人陷入无限"内卷"中，而唯有爱，懂得怎样爱自己、爱身边的人、爱社会、爱国家，才能有无尽的幸福……

第二十章 生命之旅——大爱

1

作为单位领导的成江河每天工作到深夜，他成了过往他所希望成为的人，他将全身心投入工作中，不再有空想的焦虑及自我怀疑，而是以事实为依据，通过深入调研来解决问题。见到下属像过往的自己一样，他总想说两句："不要自怨自艾，每个人都是一个螺丝钉，每个岗位都有每个岗位的作用，心里要有信念，手头要实干。"

这些年，他曾在深夜和涂磊等同事一起讨论工作方案，在激烈的讨论中得出最合适的方案。他也曾在深夜里带队对闹事群众进行耐心的劝解，圆满解决了多个棘手问题。在面对突如其来的疫情他身先士卒，带领同事们坚守在抗击疫情的第一线，并支援各疫情严重区域，累得瘫倒在地也没有半句丧气的话，他将洋溢的热情转化成了实实在在的行动。

他深知权力越大，责任越大。回忆过往是为了寻找未来的路。岁月拂过了春天，经过了夏、秋、冬，还是要回到春天，他从成家楼走出来就注定要走上一条开往春天的列车，因为有太多人需要帮助，唯有将他有限的才干投入无限的为人民服务中去，才能开启未来的春天。他不止一个人在战斗，在岁月的长河中一批又一批的人迎着时代的节拍成了民族的脊梁。他认识到自己应该积极作为为未来美好生活而奋斗。

2

　　一天夜色已沉，他从办公室出来，行走在高楼大厦间，看着车水马龙、日新月异的城市，发现夜空中的星闪闪发亮，一首歌曲从耳边传来："我是中国籍，自信的底气， 我是中国籍，自豪的勇气。漂洋过海千里万里，龙的精神永远不屈。我是中国籍，自信的底气，我是中国籍，自豪的勇气。无论我走到何时何地，心中飘扬着五星红旗……"

　　他听着这歌心胸开阔起来，他仿佛穿越了时空看见他在成家楼小学教室里拿着课本跟陈志文老师高声朗读"红军不怕远征难，万水千山只等闲。五岭逶迤腾细浪，乌蒙磅礴走泥丸。金沙水拍云崖暖，大渡桥横铁索寒。更喜岷山千里雪，三军过后尽开颜"的情景。他想起成浪河周末从镇上的中学回家给他和小伙伴们讲诗句"钟山风雨起苍黄，百万雄师过大江。虎踞龙盘今胜昔，天翻地覆慨而慷。宜将剩勇追穷寇，不可沽名学霸王。天若有情天亦老，人间正道是沧桑"的豪迈；同时又想起了在山城上学时他登上青山时，想到了"踏遍青山人未老，风景这边独好"的诗句。

突然仿佛有一种神奇的力量从他心中涌来，有了"雄关漫道真如铁，而今迈步从头越"的信念。

"啊，历史的车轮滚滚向前，世界的美丽画卷在一代一代人的手中慢慢实现……"

"历史洪流中的每一朵浪花，都是血水、泪水、苦水换来的，这都是民族的结晶……过去是先烈们，而现在是踔厉前行的我们青年一代，一代一代薪火相传，将这个世界建设成美丽的世界……"成江河喃喃地说道，话音刚落，他又想起了在时代发展中变迁的成家楼，想起了他逝去的爷爷，想起了步履蹒跚的奶奶，想起了青胜蓝、陈家美、程金珍，想起为生活而奔波的成金杰、成金顺、成金军，想起了为了国家发展而挺起脊梁的成金华……

他们虽然渺小如尘埃，但是他们对美好生活的憧憬与向往一直没有变。是的，他们是没有变，青胜蓝渴望通过读书改变命运，成金顺通过一番闯荡想让大家庭过上好日子，成金华通过兢兢业业工作而力争做到问心无愧。他们不都是在憧憬着美好生活吗？

历史滚滚的车轮向前，时代发展需要人才的担当，如果考虑自己的苦乐，那中国就不会出现英雄，也不会出现民族的脊梁！

突然，他仿佛听到了父辈们所说的质朴生活，纵使他们没有知识，但是他们知道什么叫知足，也知道什么叫饮水思源。

正如成金军、成金兰说的："你们处在好时代了，还牢骚满腹，真是不知足！"

也正如青胜蓝说的："做人要饮水思源，不能过了几天好日子就忘了本，你们的根在成家楼，回去别想三想四，好好干！"

……

　　成江河通过上大学改变了命运，但当他过上小康生活后，发现精神垮掉了。他时常处在精神内耗中思索人生。他想起小学时，学过的《为了中华之崛起而读书》的课文，他陷入了沉思：对，人应该立大志，唯有树立前进的目标才能不在社会上迷失打转。

　　成江河从未如此清醒，他想起了青胜蓝说让他们兄弟俩好好读书，长大了要有稳定的工作……

　　他想起了成江洋、青胜德叼着烟，在田间地头希冀冬天麦盖三层被，来年枕着馒头睡……

　　他想起了公司破产后像丧家之犬一样外出躲债的父亲，破产之后被生活的浪花打入谷底的成金军、成金杰、青胜乐、青胜德……

　　他们只是想让家人过上好日子，这样的愿望很朴实。

　　对于已经成为单位领导的他来说，他所想的已经不是自己要过上好日子了，而是要回报社会、国家对他的培养，他要带着一腔热血来为民服务，脚踏实地做好手头的工作，带领更多的人过上好日子，让生活越来越好！

3

　　他回到家时，听到了一首歌："红日升在东方，其大道满霞光，我何其幸，生于你怀，承一脉血流淌，难同当，福共享，挺立起了脊梁。吾国万疆，以仁爱，千年不灭的信仰……"他迎着歌声走进书房，看到边听歌边低声背诵《少年中国说》的孩子。

　　"故今日之责任，不在他人，而全在我少年。少年智则国智，

少年富则国富；少年强则国强，少年独立则国独立；少年自由则
国自由；少年进步则国进步；少年胜于欧洲，则国胜于欧洲；少
年雄于地球，则国雄于地球。红日初升，其道大光。河出伏流，
一泻汪洋……"

　　他伫立在书房门口，认真地听着这首歌。孩子发现他时，愣
了一下，便道："你吓了我一跳，咋这么晚才回来啊？"

　　他笑了笑，坐在一个凳子上，和孩子进行了一番交流，他教
导了孩子一番，大致意思是让他好好读书，未来山高路远，有了
知识才能够看到广阔的世界，才能够找到自己，唯有找到自己，
才能有大爱，才能有雄心壮志。

　　孩子好似没有听懂他的话，问："你说的是啥？"

　　他笑了笑，他知道孩子现在虽不知道他说的是什么意思，但
将来他一定深刻地体会到。他还想告诉孩子，唯有一代又一代的
人自信自强、守正创新、踔厉奋发、勇毅前行，才能让成家楼那
样的村庄在历史的洪流中展现出蓬勃的生命力，才能在苍茫的大
地上构建出美丽的世界……